岩波現代文庫

文芸 123

梶山季之

族譜・李朝残影

岩波書店

目　次

族譜

――その頃、僕は、徴用のがれの卑怯な気持から、道庁の、ある職に就いていた。徴兵検査は第二乙だったから、まアまア召集令状には縁遠いとしても、この非常時、くだらぬ油絵をかいているというので、徴用に駆り出される危険は十分にあったのである。

事実、その年の夏――正確には昭和十五年の八月初旬に、どういうわけか僕は、十日間の勤労奉仕を命ぜられ、朝鮮神宮のある南山の頂上で、兵隊たちからこっぴどく、痛めつけられていたのだ。なんでも、南山に高射砲陣地を構築するのが、目的だったらしい。

大陸性の気候というのは、夏暑く、冬寒いと、はっきりしているのが特徴だそうだが、その年は特に暑かった。文字通り、灼けつくような炎暑の日が続いた。まして山を切り拓くのだから、樹蔭ひとつないのだ。しかも作業は、重労働ときてる。体力に自信がなく、それで美校に行った僕が、この勤労奉仕という強制労働に、ひとたまりもなく悲鳴をあげたのは、いわば当然であった。

作業の性格から云うと、同じく勤労奉仕に来ている中学生たちに混って、山を崩し、土砂をトロッコに積んで運搬するだけの、きわめて単純な労働である。しかし、召集された二百名の徴用組は、休憩時間のたびに、「作業が少い」「中学生に較べて大人は怠けすぎる」と、絶えず係の兵隊から、文句をつけられた。なにしろ、集まった大人の連中といえば、僕に似て定職もなさそうな、文学青年のような蒼白い皮膚の男ばかりで、団体行動のできぬ者ばかりなのだから、仕事に熱心な筈がないのだ。

まア、係の兵隊の苦情は兎も角として、腹が立ったのは、七日目の午後、日射病にかかって僕が倒れたときのことである。

「樹蔭へ入って休め」

と、兵隊は歯痒そうに云い、それから僕にあてつけるように、大声で怒鳴った。

「みんな明日から、頭を丸刈りにしてこい！　髪の毛を長く伸ばしてるから、日射病になる！」

髪の毛を長くしていたのは、なにも僕ばかりではない。徴用組の殆んどが、長い髪をしていた。それに、日射病になったのは、麦藁帽子が風で吹き飛んだ所為《せい》なのだ。〈なにを云ってやがる！〉僕は内心、憤慨した。そして日射病を口実に、翌日から二日ほど作業を休んだ。

最後の日には、三円とか五円とかの、交通費が支給されるということだったので、僕は病を押して参加したような、殊勝な顔で出かけて行った。頂上までは、かなり急な勾配で、たっぷり一時間はかかる。ところが意外にも、僕はすぐ、指揮をとっていた砲兵大尉から、呼びつけられたのである。

「なぜ、休むときは届けん？　無届欠勤は、貴様に責任観念が欠如しとる証拠だ！」

その大尉の表現が、あまりにも大袈裟なので、つい僕は苦笑してしまった。これがいけなかったのである。僕は大尉から、直ちに下山を命じられた。二時間以内に、医師の診断書を添えて、欠勤届を持ってこい、と大尉は云うのだ。勤労奉仕に、欠勤届もないものだと思ったが、逆らうと、あとの祟りが恐ろしい。僕は、腕時計を気にしながら山を下りた。西小門まで帰って、医者のところに行っていたのでは、時間が間に合わない。そこで山の麓の小さな医院に飛び込んで、僕は事情を話し、大急ぎで、診断書をつくってもらい、便箋を借りて欠勤届を書いた。

山道は、暑かった。拭っても拭っても、汗が噴き出てきた。僕は息を切らし、喘ぐようにして、長い岩の多い山道を、ハアハアと駈け登って行った。それでも五分ほど遅刻だった。大尉は、診断書を覗き込み、それから僕の住所を聞いた。僕は用心深く、その診断書を書いたのは、かかりつけの医師だと説明した。

「ふむ、なかなか要領のいい奴だ」

と、相手は小さく舌打ちした。それから急に、僕の胸倉を摑んだ。

「貴様、この工合だと、病気ではなく、ずる休みだな？　正直に云え！」

……こんな苦い、不快な体験は、一度で懲《こ》りごりだった。勤労奉仕と、名目だけは立派だが、労務徴用であることには変りない。僕は、本能的に、これから先もまた、勤労奉仕させられると感じた。町会長から、各町に五名という割当があったと、後に事情を聞いてから、ますますいけないと思った。これ以上、兵隊からこき使われるのはご免だ。僕は、慌てて勤め口を探したのである。

　別に、肉体労働が不愉快だ、というのではない。ただ自分の気持が、妙に割り切れない状態で、やたらと体を酷使させられることが、僕には我慢できなかったのだ。侘しい怒りに支えられながら、重いツルハシを振り、シャベルを使わせられた炎熱下の作業。まるで家畜でも扱うような目付きで、僕たちを叱り飛ばした兵士たち。それは譬《たと》えようもなく虚しい、ただ疲労だけの生活である。この、苦痛で、そして無意味な生活は、おそらく僕自身を灰色に蝕み、無気力な男に変身させてしまうだろうと、僕は信じたのだ。

勤め口は、総督府で課長をしている、義兄の紹介によるものだった。別に事務的な才能がなくとも、僕なら勤まるということだったので、渡りに舟と、僕は二つ返事で承知したのである。だが、道庁の勤めも、決して屈強な逃げ場などではなかった……。

僕は毎朝、姉のつくってくれた弁当を、義兄のお古の手提鞄につめて、機械のように出勤した。義兄には毎朝、迎えの自動車がやってくる。だが義兄は、一度も、一緒に乗って行けとは云わない。姉は二人の子供を育てるのに夢中で、居候の僕にはあまり構ってもくれない。僕は下宿を探して移ることを考えてはいたが、いまさら探すのも億劫な気持で、ずるずると同居を続けていたのだ。

西小門の官舎から、培材中学の坂道を下り、裁判所の脇を抜けると、太平通りに出る。左に徳寿宮、右に府庁を見て、その電車通りをどこまでも北に歩くと、朝鮮総督府の白壁の建物が聳え立っている。その手前、右手にある煉瓦造りの建物が、京畿道の道庁であった。

勤めはじめると、間もなく駈足で秋は過ぎ去って、すぐ冬がやってきた。道を歩くと、プラタナスの街路樹が、大きな落葉を風のたびに吹き落すのだ。僕は、風に巻き込まれた落葉が、自分の意志に反して舗道を舞い続けている朝の風景に、急激に迫ってきた冬の跫《あし》音《おと》を聴き、そして自分自身の悲しい姿を見るような気がした。与えられた任務が、どうも順調にはかどらないからである。

支那大陸での戦局は、どうやら膠着状態であった。その退屈な戦況に苛立つように、京城の街も、なぜか次第に、騒然とした空気に包まれはじめていた。防空演習、国民服制定、志願兵制度……。その移り変りの音は、さまざまな生活断片にも聴きとれるのだ。たとえば僕の課の、窓近くに立って瞳をゆっくり前方に据えたとき、色褪せた街路樹の枝葉を透して、荘重に聳え立っている建物は、朝鮮総督府であるが、その白壁の殿堂の正面の壁には、「内鮮一体」「一億一心」などという、戦意高揚のスローガンが、掲げられてあるといった按配なのである。

〈内鮮一体、か——。よほど、南次郎という男は、この言葉が好きらしい〉

仕事がはかばかしくない時、僕はいつも窓際に立って、煙草を吸う習慣がついた。僕には、内鮮一体という言葉が、頭の中でよく納得できても、実際の仕事の面では、どうも合点がゆかない。煙草を咥《くわ》えたまま、窓から遠くを眺めやりながら、しかし僕には、風景から何ひとつ感慨すら湧かなかった。

「谷君——」

僕は、名前を呼ばれて振り返った。課長の声には、咎めるような厳しさがある。課長は僕を嫌っていた。課員の誰もが、国民服で登庁しているのに、僕だけが何時までも親父譲りの背広姿で出勤しているのが、気に喰わないのだ。課員の誰かに、僕のことを非国民だと罵ったということも、耳にしていた。だが僕は、出世欲の塊りのような課長が、明治町のカフェーの女給を、こっそり妾に囲っているのを知っていた。仲間の画家が、教えてくれたのである。

窓から離れ、煙草を揉み消してから、僕はゆっくり課長の席へ歩いて行く。自分から声をかけ、そして僕が傍へ来たのを知っていながら、わざと課長は、渋面をつくって書類を覗き込んでいる。云われなくとも、それが水原郡庁から届いた報告書であることは僕にも判っていた。僕は黙って、机の前に突立っている。〈課長は、課員の模範でそして常に多忙なのだ。判っている、判っている〉

「ああ、谷君」

課長は始めて、僕に気づいたように顔をあげる。小柄だが、顔の皮膚は、連日連夜の宴会で、酒光りがしている。それが癖の、眼鏡を右の人差指でぐいと押しあげる仕種をしながら、課長は大きく眉を顰《ひそ》めた。

「仕事の方は、どんな工合です? 順調なんでしょうねえ。ええ?」

僕は、覚悟していたものの、こう皮肉に出られると、向ッ腹が立ってくる。

「はア、大体……」

「ふーん。大体……ねえ。――この書類によると、君の担当地域は、三割七分という低調さだが、これで大体順調なんでしょうか？」

「しかし、課長。創氏改名などというものが、一朝一夕には……」

「待ち給え！　一朝一夕にときみは云うが、抱川、加平、楊州三郡を担当した和久田君にしろ、楊平、広州二郡を受け持った二宮君にしろ、みんな七割台の成績をあげてるんだぞ。きみだけが三割七分というのは、これはどういうわけなんだ。ええ？　和久田君のところは、一朝一夕に創氏改名が行われたとでも云うのか？」

相手の言葉には、棘があった。

「そりゃア課長、和久田さんや二宮君たちは、強制的に出るからです。創氏改名は、飽くまで自発的な行為に俟《ま》つべきだと、趣旨にも明瞭に書かれていたと思います。私は、彼等の自発的な行為を……」

「莫迦《ばか》を云っちゃアいかん！　なるほど、趣旨にはそう書かれてある。しかし、半ば強制せにゃア朝鮮人は蹤《つ》いてこんのだ！　きみみたいに、ただ机に坐って面事務所にせっせと手紙書いていたって、創氏改名ができるかい！　その辺のかけひきは、この間の反省会で、よく話した筈じゃァないか。だから、きみたちは駄目なんだ……」

きみたち、というのは、画家仲間のことらしいのである。明治町の「ドミノ」という酒場が、京城に住む若い画家たちの溜り場であった。つい最近、仲間の一人が、「ドミノ」に入ってきた胡散臭《うさんくさ》い男を、私服の憲兵だと知らず酔ってからみ、一晩ブタ箱に抛り込まれた事件があった。それを僕が貰い下げに行ったのだが、課長は誰からか、そんな僕の情報を仕入れていたとみえる。

「兎に角、来年の三月末までに、十割の目標を達成するんだ。いいね！」

僕は返辞をせず、黙って頭を下げた。

――創氏改名というのは、承知の人も多い、日本のとった植民地政策の一つで、朝鮮人や台湾人の姓名を、日本風に改めさせ、日本人になりきらせようという政策である。もちろん、内鮮一体の政策から、派生的に生まれたものであった。しかも朝鮮総督府自慢の政策の一つだったのである。

だがしかし、創氏改名が、本当の意味での内鮮一体――つまり親睦強化という意志から誕生したものでないことは、その政策をやたらに推進しようとする当局の態度をみれば、明らかであった。ところが僕は、はじめのうち、この創氏改名政策に、そんな深い企みや魂胆が隠れていようとは、全く気づいてもいなかったのだ。正直に云うと、この政策は、従来、不当に差別待遇されてきた朝鮮人への、一種の恩典であるとすら考え、この仕事を与えられた時には、〈こいつは高射砲陣地をつくらされるより、やり甲斐がある〉と感激した位だったのである。

甘いといえば、たしかに甘い。僕の父親は官吏だった。僕が五つのときに一家は京城に移住した。だから僕は、小学校から中学三年までを、京城で過している。その後、一家はふたたび内地に戻り、僕は中学を卒業して美術学校へ行った。でも、なぜか僕には朝鮮の風景が忘れられず、姉の嫁いでいる義兄を頼って、また京城に舞い戻ってきたのだった。だから僕は、ある程度、朝鮮人たちの暮しぶりを、知っている積りでいた。いや、だからこそ創氏改名が、一種の恩典だと考えたのだったが……。

この朝鮮では、日本人は支配者であった。そして朝鮮人は、奴隷《どれい》的な地位にあった。僕は子供の頃、このことに別に疑問を抱かなかった。漠然と、彼等が可哀想だと思うことはあったが、なぜ朝鮮人がそうなったかに就いて、考えたことはない。僕が、日本が朝鮮を侵略したときの、苛酷で卑劣な手段を知ったのは、美校に入ってからのことである。でもそれも、頗る皮相的なものでしかなかった。

「内鮮一体」という標語が掲げられても、日本人(朝鮮では内地人という言葉を使っていた)には、抜き難く鮮人に対する蔑視感が植え付けられている。それは子供たちが、鮮人に対して口をとんがらせて叫ぶ、

「ヨボの癖に!」

という何気ない言葉にも、はっきり示されていた。この言葉、当時の朝鮮ではオール・マイティだったのである。その言葉の裏には、〈鮮人の癖に日本人に口答えするな〉とか、〈生意気をいうな〉といった意味がこめられている。ヨボというのは、「もしもし」という、元来が呼びかけの朝鮮語であるが、日本人は、それを鮮人または奴隷というような意味で使っていたようだ。

だから、彼等を創氏改名させて日本名で呼び、対等な口を利いて交際する……という政策は、古くから朝鮮に住んでいた日本人にとっては、何かいまいましいような恩典というのが、共通した考え方であり、感情でもあったわけである。この蔑視感は、この風土に三十年にわたって培われてきた。植民地のこのような感情は、なかなか拭い切れるものではない。

――ところで、僕の仕事というのは、京畿道内における、この創氏改名の宣伝と実施であった。生来、僕は政治などには疎《うと》い。僕ばかりではなく、「ドミノ」を溜り場にしている仲間の誰もが、政治だの経済だのといった問題には、ほとんど無関心だった。僕が徴用のがれの手段として、道庁の「総力第一課」に勤めはじめたという話をしたときでも、

「ふん、金さん、朴さんが、金田さん、木下さんに名前を変えたら、内鮮一体なのかい？　ばかばかしい！」

と、誰かが一言のもとに片附けただけである。仲間たちは、なにもかもに白い眼を向けていた。深く考えても、どうにもならないという虚無感めいたものが、この植民地の酒場仲間には漂っていた。

勤めだして一箇月後に、僕は一つの任務を担当させられた。始興郡、水原郡、振威郡という三つの郡の創氏改名の実施というのが、その仕事である。京畿道内を五つの地域にわけ、五人の課員がその担当者に命じられたわけだ。面積からいうと、新参の僕が一番狭いが、人口は一番多かった。

総力第一課、第二課には、普通の課と違って、鮮人の事務員は一人もいない。総務部の管轄であるが、命令は総督府から道知事を通じて行われる。これが課長の口癖で、また自

慢でもあった。なぜ、そのような組織系統になっているのかは、一箇月も勤めると、よく判った。この二つの課は、朝鮮人に対する政策を、いかに恩着せがましく宣伝し、実施するかが任務だったのである。

たとえば創氏改名には、次のような宣伝文句が使われていた。

「いまや世界に冠たる日本国民として、肩を張って歩きたいというのが朝鮮民衆の、切なる願いである。また内鮮一体は、日本人の誰しもが、心から期待していることである。しかしその名前をみると、半島人であることが判り、肩身の狭い思いをすることになる。祖先も同じであり、顔立ちもよく似ている内地人と半島人の、ただ違っているのは、その姓名だけなのだ。いままで、日本に帰化するには、むずかしい資格と手続きが必要だったが、このたび総督府は、大英断をもって半島人各位の、切なる要望に応じ、創氏改名を実施する。これにより、内鮮間に横たわる最大の障壁はとりのぞかれ、いままでの差別待遇もなくなり、……云々」

だが、創氏改名をしたら、日本人と同等に待遇しようと、表面では甘い餌を曝しながら、その実、当局が考えていたのは、何であったか。——それは日本国民であるが故に、果さなければならない義務、つまり徴兵であり、徴用だったのである。また税金であり、供出であった。従来の志願兵制度を、一気に徴兵制度に切り換えるための、準備工作だったのだ……。（その証拠に、間もなく厖大な兵士を必要とする、大東亜戦争が起った）

僕は、その事実を知って、啞然となった。なるほど、政治というものは、こんなものなんだな、とも思った。僕だって戦争へ行くのは嫌だ。朝鮮の青年たちだって、同じ気持には違いない。まして彼等は、なにも自分たちが好き好んで、戦争をしかけたわけではない。それなのに、創氏改名が終った途端、「お前は身も心も日本人だ」とレッテルを貼られて、「さア、徴兵検査だ」と、裸になって並ばせられ、赤紙を頂戴するのだ。彼等は愕然となり、やがて創氏改名政策の、隠された鋭い鉤に気づくだろう。日本人と同等に待遇するという意味が、戦場と同義語であることのペテンに気づくだろう。僕は、それを知ると、憂鬱になった。いかに美辞麗句を並べ立てても、僕がこのペテン師の仲間であることには、変りがないからである。

「俺たちだって徴兵があるんだから、創氏改名する以上、当然さ。義務はいやで、権利だけ主張するなんて、虫がよすぎらア」

私と同じに入った二宮という男は、頭からこう割り切っていた。なるほど、それも一理ある。だったら、甘い餌ばかりでなく、正々堂々と、鉤も糸も見せるがいいのだ。鉤も糸も隠しているから、日本人は「どうも総督府は朝鮮人をのさばらせすぎる」と批評し、朝鮮人たちは「これで差別待遇が消える」と感激するのだ。僕は、方法がどうもフェアではないと心に愧《は》じた。

でも調べてみると、当局は、この政策を実施するに当って、なかなか慎重であった。少数の親日富豪家たちに、爵位のような形で日本名を贈ったのが、その第一歩だった。むろん、これらの富豪たちは、擽《くすぐ》ったいような顔つきで、日本名と朝鮮名とを二つ並べた名刺を使った。新聞も、わざと「野田平次郎氏(宋秉畯氏の日本名)」という風に書いた。

朝鮮の民衆には、官尊民卑の思想が流れている。当局は、巧みにこの思想を利用して、日本名に対する憧れを盛り上げ、ころはよしとばかり創氏改名を宣伝奨励しはじめたのである。

民衆ははじめ、警戒して飛びつかなかった。だが次には、うまい手が用意されていた。創氏改名した朝鮮人には、就職にも入学にも、特別な待遇が与えられたのである。たとえばその年の京城帝大予科に合格した朝鮮人は、いずれも日本姓を名乗る者ばかりだったのだ。俄然、創氏改名の希望者は、インテリ階級に増加した。利に転ぶのは、大衆のつねである。人気は湧いた。

当局が、いままでの生温い態度を捨てて、強制的に創氏改名を実施する方針に出はじめたのは、この頃からであったろう。釣り上げた魚に、餌をやる莫迦《ばか》はいない。当局にしてみたら、創氏改名が、朝鮮民衆自らの要望によって、行われつつあるのだという雰囲気――準備工作が完了したら、それでよいのだ。餌は、朝鮮総督南次郎の名によって、全鮮にばら撒かれた。地方の創氏改名希望者が、低調だったからである。道知事を通じて、各道庁総力第一課に指令が出された。もはや創氏改名は、自発的ではなく、強制的に全鮮各地で推進されはじめていた。

年内に八割、来年三月末には完全実施、というのが課長から示された目標だった。しかし、からくりが判ってみると、日本人である僕には、同僚たちのように強制する気持にはなれなかった。だが、だからといって、どう足掻きようもない。それは法務大臣が、死刑の執行書に署名をしたがらない心境に似ていた。

辛い徴用から逃れるためなら、僕は他に職を探さない限り、この仕事に忠実であるよりない。朝鮮人たちは、夜中に寝込みを襲われたり、野良仕事をしているところをトラックに積み込まれたりして、強引に北海道や九州の炭鉱に、労務徴用者として送られているという噂である。納得づくで応募させていたのでは、予定数になかなか達しない。それで郡庁の労務係が、そんな乱暴な手段をとっているという話だった。「働かざる者、食うべからず」というような空気が、漸く京城の街にも漲りはじめている。

〈笑いごとではない〉と、僕は思った。職場を離れたとき、誰が僕を徴用しないと約束してくれるのだ？　僕は若く、そして懐疑的であったのかも知れない。でもその頃、もっとも僕の欲しかったのは、アトリエでもフランス製の絵具でもなく、自分の仕事への惰性であった。熱情も意志もなく、仕事へ繋がろうとするならば、無気力な惰性しかないではないか。ただ惰性だけではないか——。

当面の嵐を避けるべく、岩陰に身を寄せた登山者は果して卑怯者であろうか？　僕は、戦場に駈り出され、軍需工場へ徴用を命じられた仲間たちを見送りながら、そう自問自答するよりなかった。

僕の担当地域、とくに水原郡の創氏改名が遅延していた理由は薛鎮英《へいちんえい》の存在である。薛鎮英は、この地方の大地主で、立派な家系を持っていた。いわば地方の宗家である。その所為《せい》でもあろうか、薛鎮英は創氏改名を承諾しない。祖先に対して、申し訳が立たぬ故、こればっかりは——というのが、その理由だった。薛家が創氏改名しないので、水原郡の何万という人々が、創氏改名をしない。大地主の薛家ですらしないのに、小作人風情のわれわれが……というのだ。

薛鎮英が反日的な男だったり、民族主義者で創氏改名をしないというのならば、話は簡単である。憎悪を正義感にすりかえるような芸当も、僕には出来たかも知れない。しかし彼は、二万石という厖大な、年間の収益小作米を、朝鮮軍に献納して平然としているような、親日家だったのだ。

たしか支那事変勃発の翌年のことである。軍糧米が不足しているというので、彼は小作米の献納を朝鮮軍司令部に申し出た。はじめは司令部でも多寡を括っていたらしい。ところが翌日から、貨車で次々と竜山駅に運ばれてくる米俵の量をみて、井原参謀長も思わず「あッ」と云ったまま、二の句が継げなかった。二万石といえば、優に三箇師団の将兵を、一年間養うに足る数量なのだ。

そのニュースに驚いた新聞記者が、

「一年分の小作米収入を全部献納して、どうする積りか？」

と質問をしたところ、薛鎮英は笑って答えた。

「収入米がなくとも、税金や生活費は、若干の貯金があるので賄《まかな》える。命がけで兵士は戦っているのだから、私も真裸になってご奉公したまでだ……」

——薛鎮英とは、このような奇特な親日家だったのである。郡庁でも、どうもこの薛鎮英にだけは、創氏改名を強制するわけにも行かず、煮え切らない態度で傍観している風情であった。僕もわざわざ、同僚たちのように出張してまで説得する気もせず、そのまま拋っていたのである。

祖先を尚ぶ気持はよく判るのだ。朝鮮人が日本姓を名乗ったところで、果して彼等自身の幸福かどうかは疑問であった。もし、この立場が逆であったら、どうであろう。日本人は喜んで、李氏、朴氏を名乗り、朝鮮への忠誠を誓ったであろうか？　国を奪われ、言葉を取り上げられ、いままた、その姓名まで奪い去られようとする民族の感情は、果して平静に終始し得るものであろうか？

民族の血だの、感情というものは、課長が考えているよりもっと深刻なもので、南総督が敬老会を催して朝鮮の古老たちを招き、席上自らも朝鮮服を着用に及んで新聞社のフラッシュを浴び、「身を以て示す内鮮一体」などという大見出しの活字に気をよくする程度のゼスチュアだけでは、どうにも解きほぐされる筈がないと思うのだ。朝鮮服で敬老会に出席したから、日本語を使い日本姓を名乗ったから、それが「内鮮一体」ではない。決してない。

でも僕は、悲しいことに、この民族の血を踏み躙《にじ》り、その政策に荷担《かたん》し、それを宣伝する職務にある。この創氏改名がもたらす不幸をはっきり予知しながら、その職を去ることに不安を感じている。嵐を避けようとして、岩蔭に身を寄せた登山者は、そこに意外な障害物を見出したのだった。身の安全を図ろうとするなら、目を瞑って、その障害物を谷底に突き落さねばならない――。

別に僕に罪があるのではなかった。僕は総力第一課に勤め、課長の命令で動いているに過ぎない。だが矢張り、どことなく釈然とせぬものがある。暗い懐疑の谷間を低迷する、悲しい良心の反抗がある。僕は、強い重圧を感じた。奔流の凄じい音を聞いた。

奔流に捲き込まれた落葉は、ただ滔々《とうとう》と押し流されるだけで、立ち停って考えたり、後を振り返ってみる心の余裕もない。岩に噛まれまい、渦に吸い込まれまいと、身の安泰を只管《ひたすら》ねがうだけなのだ。――課長の席から離れたとき、僕は急流に舞い落ちた一枚の木の葉を想像した。その流れから這い上れない以上、所詮、僕も一枚の木の葉だった。

〈薜鎮英という男に会ってみよう。親日家なら、物わかりの悪い男でもあるまい〉

僕は、そう決心したのである。

──翌日、僕は京城駅から、京釜線に乗った。生まれて始めての出張である。薛鎮英の住む邑《ゆう》へ行くには、餅店という小駅で下車して、三十分ばかり埃っぽくポプラの続いた国道を歩けばよい。僕は教わった通り、餅店駅で下りた。

国道に沿って、小川が流れていた。青い草叢だった土堤も、ポプラ並木も、いまは褐色に姿を変えていた。洗濯をしている農婦の、手が赤くかじかんでいる。枯草の上に乾された白い上衣《チョゴリ》や裳《チマ》は、ぬるい初冬の陽ざしを浴びながら、なにか寒々とした感じで眼に写った。

道の左右は縹渺とした水田で、刈入れの終った稲株が、薄気味の悪いほど整然と、どこまでも続いている。僕は、もう少し早く来ればよかった、と思った。見渡す限り、黄金色に色づいた稲穂。飛び交う蝗虫《いなご》や、赤トンボ。そして吹き渡る蜉蝣《かげろう》色の秋風──。そんな光景が、ふッと頭の片隅を掠《かす》めたのである。

国道を三十分と聞いていたが、実際には小一時間ちかくも歩かねばならなかった。どこまで行っても水田なので、不安になりはじめた頃、右手に山が見え、その麓に部落らしいものが見えはじめた。薛家は、その部落の中央にあった。土塀をめぐらし、だだっ広い古めかしい屋敷なので、すぐ見当がついた。

近寄ってみると、遠くから土塀だと思ったのは、母屋を取り囲むように建てられた列房である。門を入ると、長煙管《きせる》を啣えた白髯の老人たちが、その長屋の縁側で、日向ぼっこをしながら黙然と空を見上げていた。屋敷の中には珍しく樹木を配した泉水があって、屋敷の裏手には、熟れ残った棗《なつめ》や柿の実が、たくさん見かけられた。

老人たちは、客が入ってきたのを見ても、立膝の姿勢を崩さず、悠々と煙を吐き続けている。この国の風習で、富める親戚の家に、一族縁故者が寄食するのであった。列房は、そのために建てられているのである。その我不関焉《われかんせずえん》といった居候たちの態度は、僕には面白く、鄙びて感じられた。ここにだけは、戦争の風も吹き込んで来ないかのような、朝鮮らしい長閑《のどか》さである。

苔むした中門の扉を、ギイーッと軋ませて潜り、正面の石段を昇ると母屋があった。僕は名刺を出し、出てきた家令のような男に、主人に会いたいと告げた。

薛鎮英は、年のころ五十四、五であろうか、見るからに温和で憎めない男であった。その円満な顔立ち、柔かい物腰から推して、この中老の大地主が、近隣の信望を集めているという理由が、僕にも呑み込めるような気がする。それでいて如才なく、なかなか社交的なのだ。人参茶を運んできた若い女性を、

「娘の玉順です。今年の春、やっと女学校を出ました」

などと紹介し、

「失礼ですが、谷さんは画家が本職なのではありませんか?」

と、名刺を弄びながら訊いたりする。

用件も切り出さない前なので、これには僕の方が面喰ってしまった。ここ二、三年、朝鮮の風俗ばかりを執拗に描き続け、鮮展に入選しているのを、知っていてくれたのである。僕は小さく狼狽していた。「総力第一課　谷　六郎」と刷ってある自分の名刺が、妙に腹立たしく恥ずかしいのだ。奇妙な肩書のある現在の自分に、ふと愛想をつかしたくなるような気分がした。

薛鎮英は、自分は日本語が流暢でないので、末娘の玉順に通訳がわりに傍にいて貰うのだと笑いながら云った。家の外見は朝鮮家屋だが、通された応接間は、一流のホテルのように厚い絨毯を敷きつめ、無造作に高価な皮製ソファーなどが置いてあるといった、立派な部屋である。それでいて親娘《おやこ》の朝鮮服が、部屋に調和しているのは、不思議であった。

「この玉順が絵が好きでして、また、女学校で絵を教えて下さった日吉先生も、とてもこれを可愛がってくれまして、……お蔭で私なんかも、よく展覧会へお供させられるわけですよ。たしか谷さんは去年、ノールテイキの絵を……」

ノールテイキとは、朝鮮の女性の遊戯で、シーソー・ゲームのようなものであった。藁束を枕にして長い板をのせ、板の両端に立って交互にハズミをつけながら跳ね飛ぶ遊戯である。「跳板」と書く。正月など、若い女性が華やかな晴着で、寒空に下裳を翻しながら遊んでいる風景は、そのまま一幅の絵であった。僕は、この風景を描いて、出品したのである。

「よくご存じで……」

僕は、少し嬉しくなって、

「日吉さんに習われたのなら、F高女のご卒業ですね」

と玉順に話しかけた。日吉というのは美校の先輩である。薛鎮英は、半白の頭髪に手をやり、末娘が可愛くてたまらないような表情だった。僕の固苦しい気持は、俄にほぐれたが、仕事のことを思いだすと、また暗い気分に浸されるのだ。

僕は黙りこくって、口に含んだ人参茶の、歯に沁み通ってくる香ばしさを長いこと味わっていた。しかし、「総力第一課　谷　六郎」という名刺を手渡した以上、このまま帰ることは許されない。僕は低い声で、「実は」と云った。声は掠《かす》れて、咽喉の奥にひっかかった。

「実は、今日は創氏改名のことで、お願いに上ったのです」

薛鎮英も、娘の玉順も、僕の来意はすでに察していたような気配である。そして改まって、僕の言葉を傾聴する姿勢になった。僕は、思いつくままに言葉を並べて行った。しかしこの時の記憶は、なぜだかひどく薄れていて、どんなことを喋ったものやら、僕には明瞭な記憶はない。多分、緊張していたし、相手を説得しようと意気込んでいたからだろう。なにしろ僕に用意されていたのは、官製の宣伝文句だけである。品質の悪い商品を売りこむにしては、あまりにも僕は気の弱いセールスマンでありすぎたのだ。

「ふむ、ふむ」と、いちいち頷きながら、薛鎮英は聴いていた。ただ隣に坐っている玉順の、静かな茶色がかった瞳に出会うと、僕は、肚の中を見透かされているような、動揺を抑えきれなかった。僕はその家の主人にだけ視線を据え、憑かれたような熱弁をふるった。しかし、どうやらそれは、虚しい一人芝居に過ぎなかったようである。

なぜなら、熱弁をふるえばふるうほど、僕の心の底に、深い罅《ひび》がつくられ、大きな亀裂を形づくって行ったからである。どうやら僕は、薛鎮英に創氏改名を納得させようとするよりも、僕自身を納得させようと努力していたらしいのだ。欧州などのホテルでは、支那人までが日本名をサインし、日本人と称しているだの、日本海が陥没したため、異民族のように考えられているが、祖先は同じで、我々には同じ血が流れているだの、名は体をあらわすという諺があるが、いまや創氏改名を朝鮮人の誰もが喜んで呉れているだの……、それは確かに憑かれた人間の口吻というよりなかった。

「——谷さん。お話は、よく判りました。しかし、どんなに云われても創氏だけはできないです。薛という姓だけは、勘弁して下さい。下の名前は、日本風に改めてもいいです。……それでいけませんか？　私の代で、薛氏を絶やしてしまったら、先祖に対して申し訳ないですから——」

薛鎮英は部屋を立って、一抱えもある大きな本箱を運んできた。蓋をとると、中には古ぼけた書類がぎっしり詰っている。それは「族譜」であった。朝鮮では長男が、家督を嗣ぐことになっている。家督を嗣いで当主となった者が、一族の婚姻、生死などを丹念に記録して行くのである。それは薛氏一族の系図であり、七百年の過去帳であり、七百年の繁栄の歴史であった。

話には聞いていたが、僕は「族譜」というものを、そのとき始めて見た。そして七百年もの間、この族譜を丹念に書き綴り、またこれからも書かれてゆくであろう未来を思うと、薛氏一族の偉大な過去が、不意に膨れ上って感じられたのである。

李王家ですら、三百年の歴史しか持っていない。そしてその貴重な族譜は、戦乱によって焼失したと聞いている。薛鎮英は、この木箱に納められたのは、ここ百五十年くらいの族譜で、土蔵の中には、同じような木箱が、あと四個あると云った。

「いいですか、谷さん」

薛鎮英は、僕に呼びかけた。彼が開いて示したのは、自分が当主となって以来の、一番新しい記録だった。

「いいですか、谷さん。私の父も、祖父も、そして曾祖父も、みなこの記録を、一族の伝統と誇りにかけて護りながら、書き加えてきました。それが私の代から以後は、空白になるのです。薛一族は、私の代で終ったことになるのです。創氏改名したら……。それでは祖先に済まない。だから薛の姓だけは、許して下さい」

「それでは創氏改名にならないじゃアありませんか。薛改め薛ですか？」

「日本の人でも、一字の姓の人があります。谷さん、あなただって一字でしょう。薛という薛だけは、変えられないです」

「でも、多分それは通りませんよ。谷を創氏して谷にしたというようなユーモアは、許されないのが役所なんです」

「では、私には創氏も改名も、できませんです。谷さん、あなたには阿呆らしいことでしょうが、私には祖先は大切ですじゃ。この代で、七百年の薛家の族譜が、白い紙になるなんと、とても出来ませんです。私はいやです。ほかのことだったら、なんでもしましょう。供出もやりましょう。献金もしましょう。ですが……創氏改名だけは、私にできない。……薛家の七百年の歴史が、私の代で断絶したとならば、祖先は泣きますじゃ。子孫は私を恨みますじゃ。それを考えるとどうしても、どうしてもお断りするしか、ないです。断るしか……」

急に声が低くなったと思ったら、薛鎮英は眦《まなじり》に大粒の涙を浮かべながら、いっしんに首をふっているのだった。古ぼけた和綴じの系譜を、両手に抱えたまま、この親日家の大地主は泣きながら首をふっているのである。僕は言葉に窮した。〈それほどまでに思っているものを……〉僕は、慰めの言葉をかけようとして、暫く戸惑った。この男が創氏改名しない限り、近隣の住民たちも小作人も、創氏改名をしないのだ。僕は掌に指をこすりつけ、垢を縒《よ》り出すような仕種をしながら、そのことをぼそぼそと訴えた。

「判りました。谷さん。うちの小作人たちには、私からよく話してみますじゃ。分家の連中にも創氏改名するように、わけを話しましょう。だから、薛一族の、この本家だけはひとつ……」

薛鎮英は、涙を拭いてそう云った。しかし僕はどうしたらよいのか、自分にも判断がつかなかった。彼の説得で、小作人たちが創氏改名をするものなら、この地方の事情にくわしい郡庁の役人が疾うの昔に工作している筈である。〈これは困ったことだぞ〉と、僕は心に云いきかせた。

先祖を尚び、七百年の貴重な族譜を守り抜こうという、彼の真情はよく判る。だが、彼が率先して創氏改名して呉れない限り、この地方では誰ひとり改名する者がいないのも、慥《たし》かなのである。

〈この男が、政策の癌《がん》になっているのだ〉

僕は薛鎮英を、憎まなければならないと、決意する。赤の他人に同情は禁物。生きてゆくという俺の目的のためには、手段は択ばれないのだ、と心に囁く。非情な、職務に忠実な官吏になれ、と心に叫ぶ。僕は盲点を蔽いかくす姿勢で胸を張り、薛鎮英のうつむき加減の横顔を睨みつけながら、〈創氏改名は、貴様たち朝鮮人のためにつくられた恩典なんだ〉と、呪文のように唱えてもみる。

でも、駄目だった。虚勢を張ろうと思っても、薛鎮英を前にしてふるった長広舌の、虚しい文句の一つ一つが走馬燈のように頭に浮かんできて、矢のごとく体の髄に突き刺さってしまうのだ。

他人を欺き、自己を偽り、それでも僕は生きてゆかねばならないのだろうか。ここには徴用以上の、精神的な苦痛があった。創氏改名に疑義を持ちながら、それを宣伝することの矛盾。その矛盾を、敢て冒していることの苦痛。僕は悲劇の谷間に、一歩一歩、近づいていることを悟る。深い侘しさが心の中に拡がってきて、狂人のように、わけのわからぬ言葉でも絶叫したいような衝動に駈られる僕。――僕は、みじめだった。

急に灯りがともった。不意に僕は、ガックリとなった。小さな溜息がわれ知らず、口をついて洩れるのである。朝鮮の田舎では、ほとんどの民家が定額燈だった。灯りが点くと、部屋の中までが、かえって暗くなったような感じにさせられる。僕は帰ろうと思った。

薛鎮英の希望通り、薛を「マサキ」とでも日本風に読ませ、一応は創氏改名の手続きをとって貰う積りである。系譜を崇び家名を重んじる、執拗なまでな頑固さの意味はよく判っておりながら、僕はそう決心したとき、ふと胸の底に蟠《わだかま》りはじめた歯痒《はがゆ》いような感情に気づく。敗北感というような性質のものではなく、恐らく駄目だろうという予感、そしてその予感のゆえに、妙に苛立しい感情が重なるのである。

彼が創氏改名を拒んだとき、既に悲劇は、この伝統ある薛家にそっと忍びこみ、その病原菌を撒き散らしていたと云えるだろう。でも趣旨の条文には、《創氏改名は鮮人たちの自発的な行為によって》と記されてある。僕はそれを口実に、もう相手に強要する気持を失くしていた。それが僕の絵を、密かに認めていてくれた薛鎮英父娘に対するせめてもの僕の好意だった。薛をマサキと読ませるという苦肉の策も、精一杯の反抗であったかも知れない。

いとまを告げようとすると、薛鎮英は、吃驚して引き留めた。いつのまにか姿を消していた玉順も出てきて、

「なにもありませんけど、お珍しいかと思って、座敷に朝鮮料理を用意しましたから」

と云う。

振り切って帰るのは簡単だったが、それを断っては心証を害することにもなろうかと思い、しかし何ものかに魅かれる気持も手伝って、僕はそのまま馳走になった。遠慮がちで、よく人づきあいの悪い奴だ、と云われている僕にしたら、珍しいことだった。

案内されたのは、八畳ぐらいの温突《オンドル》の部屋である。すでにテーブルが出され、料理や皿などが並べられてあった。酒は薬酒《ヤクチュー》だった。五勺はたっぷり入りそうな、大きな盃で飲む

のである。僕は乾明太魚《メンタイ》や、焼肉などを箸でつつきながら、その白酸っぱい、朝鮮独特の酒を重ねた。低く疼《うず》くように、酔いが廻った。

温突に赤い絨毯を敷いただけの、何の飾りもない室なのだが、薛鎮英が小声で披露しはじめた朝鮮民謡にふっと聴きとれていると、なるほど朝鮮だ、というような感動がひしひしと胸に迫ってくる。「トラジー」という有名な民謡で、なんでも桔梗《ききょう》の根という意味だそうである。

一摑み桔梗を引き抜いてみたら、根っこにたくさん子がついていた、というような唄の意味を、玉順が笑いながら説明してくれた。唄の文句は他愛ないが、その唄の節まわしには、ひどく哀調がこもっていて、それは亡国の民の、流浪の民の韻律だった。そしてその唄は、空虚な僕の心を揺さぶりながら、酔いを体に沁み渡らせた。

「こんなお父さま、珍しいです。ほんとに、珍しいです」

玉順は、物怖《お》じしない性格らしかった。室の外には、ひえびえとした夜の空気が迫っているらしく、薬酒はなんども温めかえられるのである。

「お父さまを苦しめないで下さい。父さま、可哀想です」

熱く燗をした薬酒を奨めながら、不意に彼女は、呟くように云う。僕はとつぜん、鞭打たれた想いで、父親の酔った姿を楽しそうに眺めている玉順の顔を凝視《みつ》めた。僕が苦しめるのではない。でも、そんな場合、なんと答えたらよいのだろうか?

僕はあいまいに、「ええ」と頷いた。そして慌てて、盃の酒を呷《あお》った。しかし、朝鮮の民謡はどうしてこんな、悲しい響きに満ちているのであろう。この侘しい旋律は、この民族の運命を象徴しているのかも知れぬ。……そんなことを、考えるともなく考えているうちに、僕の心は譬《たと》えようもない、湿った愁いに占領されて行った。《お父さまを苦しめないで下さい。お父さま、可哀想です。》その湿った愁いの塊りは、みるみる容積をまし、僕を背徳の意識に虐みはじめた——。

——三箇月ほどたった。

大陸の冬は寒気が鋭い。北漢山颪《おろし》が、凍《い》てついた舗道に、無慈悲に吹き荒んでいる。ストーブの石炭の節約励行が指示されたために、部屋の中は寒かった。僕は靴の先を、たえず動かしながら、課長の前に立っていた。課長はまた例の調子で、書類をのぞきこみ、額に深刻な皺を寄せているのだ。

「ああ、谷君」

課長は顔を挙げ、しらじらしく僕の名を呼んだ。この男の芝居じみた態度にも、僕はもう腹を立てなくなっている。少くとも、この数箇月、僕は職務に忠実だった。スケジュールを立て、面事務所を督励して歩き、有力者に会っては説得したのだ。

「薛鎮英ですら、創氏改名届を出されたんですから……」

というのが、説得の場合の僕の唯一の武器だった。事実、そのことを教えると、各郡の地主だの面長だのも、文句なしに創氏改名に踏み切ってくれたのである。年が明け、一月になると、僕の担当地域は八割を越える鮮人が、創氏改名届を提出していた。

僕は、なにもかも目を瞑った。ただ目標を達成することだけに、熱中した。課長はこの意外な成績に驚き、内心僕を見直したらしかった。〈ざまア見ろ。僕だって、やる気になれば人並の仕事はできるんだ〉僕は満足した。自分でも奇妙な満足感である。僕は、課長の手許の書類が、郡庁から届いた報告書であることを知っていた。課長は多分、僕を犒《ねぎら》い、一層の努力を——と賞讃するに違いない、と僕は睨んでいた。でも、その期待は百八十度、裏切られた。

「郡庁から、こんな書類が廻ってきてるんですがねえ。薛鎮英——知ってるかな?」

僕はちょっと顔色を変えた。いやな予感が頭を掠めた。〈やはり駄目だったのか?〉でも、あの創氏改名の手続きが、すんなり関門を通過しないであろうことは、始めから判っていた。しかし、それだからこそ、僕は郡庁の総務係長に会い、特殊な事情を話して、密かに諒解を求めた筈なのだ。

「知ってます。非常な親日家です。それがどうか……」

「むろん、どうかしたんだよ。創氏改名しないんだ」

「そんな筈はありません。たしか、届けが出ている筈です。なんでも、薛英一《マサキ》と改名したと思いますが……」

「それが、創氏改名かね！　ばかな。きみが許可したのか？」

僕は、物欲しげな、郡庁の総務係長の表情を思い浮かべた。

「なにしろ、薛鎮英は、このあたり切っての大地主ですからな。餅店から水原へ行くまで、他人の土地を通らずに行けるという、大地主ですからな」

たしか相手は、そんな言葉を何度か繰返した。そうか。あれは暗に袖の下を仄めかす言葉だったのか。賄賂を持ってくれば、手加減をしてやるという意味だったのか……。僕は、自分の迂闊さに気づいた。僕はそのことを、薛家に伝えるべきだったか知れない。

課長は、黙りこんだ僕をみつめ、なにかを云おうとした。僕は慌てて発言した。

「課長、薛家は七百年もの立派な、族譜を持っているんです。朝鮮は大体、大家族主義の国です。たいていの地主が、一族の歴史を丹念に書き綴って、本家の子孫に伝えています。でも殆んどが、慶長の役で、こうした貴重な文献を焼かれました。だから薛家のように、七百年もの族譜を伝承している一族は、珍しいんです。創氏改名することは、彼の一家ばかりか、一族の系譜を闇に葬ることになるといって、薛鎮英は反対しました。それを私が粘って……」

「薛《へい》改め薛《マサキ》に、創氏させたというのか！　なにを云ってるんだ、谷君！」

「いけなかったでしょうか。薛鎮英の反対する理由が理由ですし、その立場もなる程と頷かせられるので、あんな創氏改名も、特例として認めたのですが……。日本人だって一字姓はありますし、日本風に読ませる創氏改名も、ちょっと風変りで面白いと思うのですが」

「きみ！　きみは創氏改名を何と思ってるのかね？　きみは日本人なのか、それとも朝鮮人なのか、どっちだ！　風変りで面白い？　ふん、冗談を云っちゃアいかん。道楽に創氏改名させてるんじゃないんだ。すぐ変えさせたまえ！　きみには、そんな権限はない筈だ。いいな！」

「はア。……でも、課長。こんな特例も、あっていいと……。それに薜鎮英は、二万石の献納米で朝鮮軍司令部から表彰された人物ですし……」

「なにを云っとる！　特例というのは、総督が認可した場合だ。この報告書類によると、附近の小作人どもが全部、金花子や、朴吾郎なんてやっとる！　地主が入れ知恵しとるんだろう、きっと」

「……まさか。薜鎮英は、そんな男ではありません」

「そう、ひどく肩持つじゃアないか。大体、この非常時にだね、家系も血統も、ヘチマもない。かまわん。強制しなさい。強制あるのみだ！」

「しかし、課長。彼等の皇帝だった李王家も、たしか創氏改名していない筈ですが？」

「谷君！　李王家は、かりにも皇族ですよ。不敬罪にあたるような言葉は、慎しむがいい。わしは、あんたを不敬罪で、特高に送りたくはないでな！　薜鎮英は、ただの朝鮮人だ。親日家なら、創氏改名して、自分の代に新しい族譜がつくられることを、感謝したらいいんだ。すぐ創氏させたまえ。いいな！」

「はア、出来るだけ……」

「莫迦ッ、何度云ったら判るんだ。出来るだけではない。やらすのだ。甘い顔を見せると、ヨボはすぐつけあがる。甘い顔をみせるからいかんのだ」

「はア、判りました」

僕は、腹立しく一礼した。課長は、厳しい声で、

「待ちたまえ！」

と怒鳴った。

「これを見給え！」

課長は、金釘流で書かれた、一通の用紙を目の前につきつけた。始興郡安養の面事務所に提出された書類である。僕の担当地域のものであった。

「創氏改名届ですが、これが何か……」

「読んでみたまえ、その名を！」

「裕川仁。ヒロカワ・ヒトシでしょう？」

「きみは絵かきの癖に、案外鈍いんだねえ。よく見るんだな。ただの創氏改名じゃアない！　恐れ多くも、大元帥陛下の御名前を使って、愚弄しておる。裕仁の御名前の中に、川という字を挿入して、皇室を侮辱している。あきらかに、不敬罪だ！」

「しかし、課長。そこまで考えたものか、どうか……」

「きみはいつも、しかし、だねえ。しかし、という言葉はいかん！　自由主義者しか使わん言葉だ。きみはこれからすぐ、憲兵隊に行くんだ。いいね？」

「――憲…兵…隊に、ですか？」

「そうだよ。憲兵隊にだ。裕川仁と改名した不届者が、訊問にあってる筈だ。参考人の呼び出しが来てる。課長は総督府へ会議で参っておりますので、私が代理で伺いました、と挨拶してな。私共は一向に存じませんでした、以後このような不祥事は起こさせません、と丁寧に謝ってくるんだ」

「私が謝るんですね？」

「そうですよ。きみは私の代理だから、私が詫びることとなのだ」

「はア、判りました」

「皇室を愚弄した、とひどく憤慨してるそうだから、気をつけて口を利くんだぞ。いいね！」

「はア……」

「判ったら、すぐ出掛けるんだ」

「はア……」

返事をしながら、僕は憲兵たちの、手荒い訊問ぶりを思い描いていた。明治町の「ドミノ」の定連だった仲間を、貰い下げに行ったときの光景である。仲間は、半死半生の有様だった。ぐったり僕の肩に凭《もた》れかかり、血だらけで口も利けなかった。ただ喘《あえ》ぎ喘ぎしていた。その息づかいが今でもハッキリ耳朶に残り、腫れ上った顔は瞼の裏にちらついている。そのとき、憲兵たちは、思想が悪いからちょっぴりヤキを入れてやっただけさ、と威丈高に云った。そして僕の批難する視線を、傲慢にも撥《は》ねつけた。……ヤキを入れる。それは退屈な憲兵たちの、遊戯であった。おそらくその朝鮮人も、こっぴどくヤキを入れられているに違いない。撲られ、蹴られ、気を喪ったに違いない。

この酷たらしい拷問から逃れようとするには、彼等の云いなりの、虚偽の白状をするよりないのだ。すると黒い、冷たい獄窓が、彼を待ち構えている。たとえ、憲兵たちの期待したような自白をしないにしても、日本へ忠誠を誓う証明として、志願兵申込用紙に署名を強制されるだろう。すると不安な戦場が、死の翼をひろげて彼を待っている……。

——餅店駅を降りて、歩いてゆかねばならぬ国道は、白く凍って、突き刺すような北風の中を、冷え冷えと続いていた。ポプラ並木も枝だけになって、裸で震えていた。防寒靴を履いてきたのに、爪先は全く感覚を失っている。そして耳朶は吹きちぎられそうに痛かった。風はちょっとした隙間を見つけて、首筋や、外套の内側にまで入りこもうとする。

ひろびろとした左右の田圃は、厚い雪に蔽われて、白い曠野のような感じだった。また、雪になりそうな気配である。どんよりと、低く垂れこめた鉛色の空。それは僕の沈んだ気持を、いやが上にも重たくし、灰色に塗り潰すのだ。課長は、憲兵隊から僕が帰ってくると、すぐ出張を命じた。いまから行けば遅くなって帰れなくなる、と僕は云った。だが課長は怒鳴ったのだった。

「莫迦ッ、相手が、ウンと云うまで、何日も泊りがけで説得するんだッ。ウンと云わせるまで、帰ろうなんて思うな！」

僕は、腹立ちにまかせて、列車に飛び乗った。そして餅店駅を下りたのだ。だが白い曠野の一本道を歩き続けていると、ますます僕の気持は奮い起たなくなる。暗く澱むばかりなのだ。薛鎮英と顔を合わせることが、ひどく憂鬱だった。

〈なんのために、こんな苦労をしなければならないのか？　課長の点数稼ぎのためではないか〉

重い足を曳きずっているうちに、山の麓の部落が見えてきた。僕は立ち停り、しばらく考えこんだ。郡庁の総務係長の顔が、ゆっくり思い出されてきた。〈そうだ。あの男が腹癒せに、忠義顔して報告書を送ってきやがったのだ〉僕が気を利かして、そのことを薛鎮英に話しておいたなら、七百年の族譜を護るために、彼はきっと、しかるべき手段を講じたであろう。高価な贈り物も、贅沢な招宴も、敢えて辞さなかったであろう。僕は知っていて云わなかった。いや、云えなかったのだ。その結果が、こんな形で復讐されている。その僕は官庁という機構の、不思議な作用を、いまさらのように驚き見直す思いだった。その機械の歯車のあいだには、汚い饐《す》えたゴミが溜っている。でも、ある部分に黄金色をした油をこっそり注すと、製品は違ったコンベアーに乗せられてしまうのだ。僕は、課長の酒で脂切った顔を思い出した。あの男も、歯車の一つだ。潤滑油を欲しがっているに違いない。

　薛家に着いたとき、日はすっかり暮れていた。部落に入ってから、それでも流石に僕は気になって、民家の標札を見て歩いた。報告書の通り、みな崔とか、鄭とか、洪といった一字姓のままで、名前だけを日本風に改名している。なかには「金太郎」という奇妙な名前があったりして、僕を苦笑に誘った。それは「金　太郎」と読むらしいのだ。僕は部落の人々が、胡散臭そうに僕を眺めだしたのを知って、少し怯《おび》えた気持になった。胸の中で、空廻りする歯車の軋《きし》む音が聞えた。からまわり。きしみ。はぐるま。じゅんかつゆ。なんだか歪んだ時代の、歪んだ風景を見ているような気持になる。

薛鎮英は風邪で臥っていて、玉順に助けられながら応接間に現われた。五日ほど前に道庁から呼び出しがあり、寒い廊下で半日ちかくも待たされたため、風邪をひいたのだという。彼は微笑しながら、そのことを話し、続けざまに大きく咳き込んだ。

「それでお加減の方は――」

「いや、もう大丈夫です。来月は、これの婚礼がありますので、風邪の方で遠慮してくれたのでしょう」

薛鎮英は、日本人でも云いそうな、そんな冗談を云って笑った。玉順は、来月嫁入りするらしい。朝鮮では早婚の風習があって、両班《ヤンバン》の子弟たちは殆んど、生まれたときから結婚の相手が、親同士で決められている。玉順の花婿は、親戚筋にあたる医科大学生だということであった。「現金なやつで、いつもより念入りに看病してくれたんですよ」と、薛鎮英は嬉しそうに笑い、またひとしきり咳き込んだ。暖かそうな毛皮のチョッキを、父親に着せてやりながら、玉順は赧くなって薛鎮英の背中を敲いた。

こうした睦まじい父娘の情景は、妬ましいばかりで、ほのぼのと暖いものが漂ってくる。その幸福そうな雰囲気は、僕の気持をややもすれば鈍らせ、曇らせようとする。しかし云わなければならないのだ。〈俺は、京畿道庁総力第一課の人間なのだ。画家の谷六郎ではない〉僕は、話を切り出すきっかけを探そう、探そうと焦った。下手に同情してはならぬのだ。そしてこれは、薛鎮英のためになることなのだ。

「薛さん」

僕は、改まって呼びかける。

「薛さん。やっぱり、駄目でした。薛英一《マサキ》では、受付けられぬというんです。課長に叱られて、またお願いに来ました。創氏改名になってない、というんです」

「谷さん。来られたときから、もうご用件は判ってました。道庁に呼ばれて、私も叱られましたから……」

乾いた声で、彼は笑った。

「創氏改名の辛さ、七百年の系譜を断ち切られる苦しみは、お察しします。でも、そこが官庁の……私はただの一課員ですし……どうにもなりません。強制する意志は毛頭ありませんが、折角、書類を提出されたことですし……なんとか、もう一度考え直して頂けませんか」

僕は、しどろもどろだった。郡庁の係長の言葉や、課長の顔がちらついて、僕の心をひるませるからだった。

「……そうですか、やっぱり……」

「お宅の、特殊な事情も、よく課長に説明したんですが、なにしろ附近の人たちが、みな薛さんの真似をされて……」

相手は、一言も口を利かなかった。僕は額の汗を拭いながら、あまり事態をこじらせない方が有利なことを、曖昧な口調で説いた。しかし、課長にしかるべく手を打った方がいい、ということは、どうしても云い出せなかった。ただ一番少い被害で、この場を切り抜けて貰いたいというのが、偽らない気持である。でもそれも所詮、僕の卑怯な保身のためではなかったか？　僕の胸の中には、僕の馴染《なじ》まない一匹の獣が棲んでいて、そんな僕の言葉や態度を、冷たい皮肉な眼で監視しているような気がする。同情を正義にすり替えるな、とその眼は僕を嘲笑うのだ。

「大学の歴史学の先生も、私の家に伝わる族譜を、貴重な珍しい文献だから、大切に保管しろと云って下さいましたです。谷さん、どうでしょう。大学の先生から、お宅の課長さんに話して頂いたら……」

〈それも、一つの方法だ〉と僕は思う。しかし、課長の性格からして、そんな工作をすると逆に依怙地《えこじ》になり、薛鎮英の立場はますます憎まれて不利になることは、火をみるより明らかだった。課長にとっては、七百年の歴史も、族譜も、一文の価値もない。課長はただ、南総督から指令された「創氏改名の早急なる実施と普及」にしか、関心がないのである。謙虚な気持で、僕は薛鎮英と対い合っていた。非情な人間になり切れないで、逆に弱々しい人間を僕は相手に曝け出している。そのことに、不図、泣きたいようないとおしさを感じもする。

「課長から、薛さんを承諾させるまでは、帰ってくるなと云われました」

そう僕が云うと、薛鎮英は一瞬、ちょっと瞳を光らせたが、すぐ平静な顔に戻った。……そのとき、僕には内鮮一体政策に対する不満もなく、創氏改名に対する懐疑もなかった。罪の意識も、自己欺瞞への嫌悪もない。ただ薛鎮英に迷惑のかからぬ最低の線で翻意してもらいたいと、願うだけだった。あるいは、卑劣だが、実弾による政治工作で、歯車の動きを部分的に変えてしまうか……。

網膜には、昼間に見た血みどろの、青黝《あおぐろ》く腫れ上り、靴の鋲でなまなましく眉間を割られた、あの裕川仁という若い鮮人の影像が、くっきり浮かび上っていた。それは息も絶えの、無残な姿だった。その影像が、対い合っている薛鎮英の温厚な表情に重なり、なぜか血みどろに腫れ上って見えはじめるのだ。〈この男は、あの凄まじい、地獄の拷問に遭っても、いやだと云い切れるだろうか?〉しまいには、僕は歯痒いような気分に陥って行った。

でも、薛鎮英は、決して創氏改名への翻意を示さなかった。反日感情のためではない、と彼は云った。愛国者としての、日本に協力する気持は、人後に落ちない積りである、とも云った。そして、これだけはどう考えても祖先や子孫に申し訳が立たないからと、低く頸を垂れるのである。

「しかし、創氏改名しないという理由で、どんな災難がふりかかってくるかも知れませんよ。そのことは私にも、想像できるのですが……」

僕は苛立しくそう云った。知らず識らず強い口調になっていた。すると薛鎮英は、怪訝そうに僕を凝視した。

「私は日本のお国のために、心から尽しています。創氏改名しないからといって、日本の政府はそんなことしないでしょう。災難というのは、供出の割当が多くなることですか? 税金が高くなることですか? 供出も税金も、高くなって構いません。日本は戦争しとるですから。……それに創氏改名は、法律で決まったんじゃアない。法律になったら、また考えてみますですよ……」

皮肉かと思われたほど、静かな口調であった。僕は戸惑い、やがて俯向いてしまわねばならなかった。この素朴な、地主の信頼に応えるものを、なに一つ日本が持っていないことを承知していたからである。

……その夜、僕は薛家に泊った。温突《オンドル》の室は暖く、僕は薄い蒲団だけで眠った。喋り疲れ、矛盾した感情を扱いかね、ぐったりなった体に、母屋の裏手から響いてくる砧の音は快く、引き入れるような眠りに誘った。

結局、僕は三晩ほど、薛家に厄介になった。夕食で顔を合わせるたびに、それとなく翻意を迫ったが、無駄であった。決心は固いのである。僕はあきらめた。「スグ　カエレ」と課長から電報が来たのを汐に、その翌朝、侘しい気持のまま僕は薛家を辞した。

「こんどは仕事でなく、ただ遊びに来て下さい。谷さん」

帰るとき、そう云って薛鎮英は、僕の手を握った。本当に済まなそうに、彼は頭を下げるのだった。

冬晴れの澄んだ碧空の色も、僕には、なにがなし淋しい。風は相変らず、稲株を残して凍りついた田圃から吹きつけてきて、ときどきポプラの梢が、さむざむと鳴った。玉順は駅まで送るからと蹤いてくる。僕は何度も、ここまでで結構ですからと断りながら、滑りそうな凍った道を踏みしめ、踏みしめ歩いた。

「父さま、強情なんです。谷さん、気を悪くしないで下さい」

玉順は、不機嫌な僕の顔色を、窺うようにして詫びた。しかし、父の気持は正しいと思う、と彼女はつけ足した。

「長いものには巻かれろ、という日本の諺を知ってますか?」

僕は、創氏改名しない理由が、薛家の家名のためだということが、この場合には不利なのだと説明した。朝鮮総督府は、日本人をつくろうとしているのである。創氏改名することによって、身も心も、日本化できると考えている。ある意味では、そんな族譜だの、朝鮮人の民族意識を葬り去るために、この政策が立案されたと云えないこともない。

「貴女は、お父さんを牢屋に入れたいですか」

と僕は云った。創氏改名することの苦しみより、しないことから生ずる悲劇の方が大きいことに、やがて薛一族は気づくだろう。

「牢屋?」

玉順は、小さく呟いたが、それっきり、黙りこくって駅まで歩いた。〈いい機会だ。あいという事を彼女に話すべきだ、課長に賄賂を使って、工作すれば、或いは助かるかも知れないということを！〉僕は、なんどもなんども、そう心に囁いた。そして事実、駅までの間にきっかけを作ろうとした。しかし、玉順は黙り続けている。そのことを話すのは、苦痛だった。僕が賄賂を欲しがっているように、思われるのが嫌なのだ。

「あなたは、僕が鬼のような人間に見えるでしょうね。なにも僕だって、こんな仕事はしたくないんですよ。しかし、絵だって自由にかけない時代なんです。……いまの僕は、立派な絵が一つ描きたいんだけれど、とても駄目です」

僕は、心で思っていることとは別に、そんな愚痴めいた言葉を、ときどき吐き出しただけだった。そして、とうとう課長に対する工作については、一言も切り出さないでしまった。――帰りの汽車の中で、僕はぼんやりと瞳を窓の外に向けながら、無性に腹立たしくなってきていた。信念を枉げない薛鎮英は立派だと思いながらも、僕の好意を理解して貰えなかったことが、妙に口惜しいのである。僕は自嘲めいた笑いを浮かべた。その笑いは、唇を歪めながら、強い自己嫌悪に誘ってゆく。列車の振動に身を委ねていると、急に自分という存在が、あやふやになってきて、なにか谷六郎という人間の形骸だけが汽車の座席に凭りかかっているような、そんな不安すらおぼえた。

課長は報告を待ちかねていた。四日間も泊り込んで粘り抜いたことについては、一言の犒《ねぎら》いもせず、ただ結果が不首尾だと聞くと、顔色を変えて怒った。

「なにが親日家だ！　きっと、民族主義者に違いない！」

課長はプリプリしていたが、係長を呼んで相談し、

「部長に話して、今後の方針を決めることにする。ちょうどいいケースだから、一応きみはこの問題から離れて、残った仕事を続け給え」

と僕に命じた。まるで僕の優柔不断が創氏改名を阻《はば》んでいるのだ、といわんばかりの口吻だった。正直な話、内心僕はほッとしたような安堵を覚えた。これ以上、薛鎮英に会わなくても済む、と考えたからだ。だが課長の表情が、裕川仁という若い鮮人を撲りつけていた、あの憲兵の顔つきに似通っているのを知ったとき、僕は安堵とは別に、くろぐろとした危惧を感じた。

なぜだか、全鮮における創氏改名の実施は、八割台に達すると、ピタリと止っていた。創氏改名をしない人々は、これも奇妙なことに地方の地主だの、牧師だの、医者だのという有力者ばかりなのである。課長は、薛鎮英のことを、だから「丁度いいケース」と云ったのだった。創氏改名を完遂するために、課長は薛鎮英を槍玉にあげ、残りの創氏改名し

ない朝鮮人たちの、見せしめにする肚に違いないのである。

——薛鎮英に、懇談したき儀これあり、ご足労ながら来る二月五日正午、道知事室に出頭されたし、という公文書が発送されたのは、それから十日ぐらい後のことだったらしい。調査の結果、薛鎮英は、京畿道内でも一、二を争う大地主で、しかも歴史を持つ旧家であり、朝鮮民衆にも影響力の大きい、微妙な存在であることが判ったのである。それで道知事が、直接あって説得してみようということになったのだった。破格の待遇というより、寧ろ当然すぎる措置である。よく知らないが、課長は薛鎮英を民族主義者、反日家だと早合点して、極秘に調査させたらしい。でもなにひとつ、そんな答えは出ず、聊《いささ》か慌てた課長が礼儀にやかましい朝鮮人の誇大主義を利用して、知事に説得させれば創氏改名の体面も保てるだろうと、芝居の筋書をかいたということだった。

薛鎮英は、朝鮮服で道庁にやってきた。僕に珍しく面会人だというので、廊下へ出てみると彼であった。温和な顔が、寒い風の中を歩いてきた所為《せい》か、血の気を喪って厳しい表情に見える。彼はもう、何のために呼ばれたかを知っていた。僕は人目に立たないよう、わざと一階の小使室へ案内して、

「薛さん。もう一度お願いします。創氏改名は、もう法律と、同じなんです。日本風の二字姓にするだけで、みんなが円く治まるんです。族譜は、そのまま記録して行けば、いいじゃァありませんか……」

と、必死になって最後の説得にかかった。

悲劇は、もう大きく薛鎮英の体を押し包み、その不吉な黒い翳を不気味に拡げているのだ。歯の浮くような、おざなりのことしか僕には云えなかったが、この珍しく素朴で、善良な朝鮮人を、不幸にするに忍びない。彼が戦えば戦うだけ、周囲の薛一族は悲劇に蔽われて行くのであった。でも薛鎮英は、

「やはり、そのことでしたか」

と、低く呻くように呟いただけであった。そして彼の瞳には、最早なにものにも揺がぬ不敵な決意が示されているのだった。僕は、彼の体を摑んで、思い切り揺さぶりたいような衝動を覚える。「ばかッ！」と怒鳴りつけ、力ずくでも創氏改名届に捺印させたいような、奇妙な衝動にも駈られる。

……この日、薛鎮英が創氏改名を承諾しなければ、玉順の婚約者であるセブランス医科大学のインターン学生、金田北萬は、政治思想犯の容疑で病院から拘引される手筈なのだ。

だが、そのことは薛鎮英には、洩らせない秘密であった。彼が信頼する日本人の名にかけても！　僕はその日の朝、係長からその計画を聞いたのである。

薛鎮英は、道知事室に丁寧に案内され、やがて料亭に導かれて昼食を摂りながら、知事から手をかえ品をかえ説得された。でも徒労であった。僕には結果は判っていたが、その話をきくと、万事休すだと思った。既に仕事は僕の手を離れている。傍観するより方法はないのだ。

〈だが、あの男を不幸にしたのは、僕自身ではなかったのか？　僕が世間知らずだったからではないのか？〉

憂鬱な僕にひきかえ、四時すぎに微醺《びくん》を帯びて帰ってきた課長は、仕事がうまくゆかなかったにも拘らず、なぜか上機嫌だった。

「なにしろ、親日家の評判の高い男だしね、あまり高圧的に出て軍部からチョッカイ出されるのも不味《まず》かろうという知事の意見だ。まア、周囲からジワジワやるさ、いろいろと作戦も立ててあることだしな」

係長を相手に、課長は目尻に皺を寄せる。ひどく嬉しそうだった。

「一課長のぶんざいで、知事閣下と親しく話し合えたというのも、薛鎮英のご利益だなア、云ってみれば。しかし、こんどのことで、すっかり知事閣下に気に入られちゃってねエ、今夜、これから新町にお供を仰せつけられたよ……」

などと、傍若無人に笑い声を立てているのだ。新町というのは、京城の花柳界である。その話しぶりは、ひどく僕の癇に触った。

他人の不幸を尻目に、自分の立身出世にだけ腐心している男。それに相槌を打ち、お世辞をふりまく係長。どいつもこいつも、僕の気に喰わない連中ばかりだった。僕は、腕時計をみた。そろそろ、玉順の婚約者である金田北萬が拘引され、憲兵隊のサイド・カーに乗せられている時刻だった。

〈寒い訊問室で、玉順の婚約者は手荒い仕打ちを受けるだろう、しかも架空の容疑で〉

僕は湧いてくる義憤めいたものに耐えようとして、また窓際に歩み寄る。そして総督府の建物の背後にそそり立つ北漢山をみる。その山の岩膚には、南総督の発案で、「内鮮一体」という文字が大きく彫り込まれている筈だった。しかし、その窓からは、文字は見えない。荒削りの黒い絶壁のところどころに、雪が白く積っているのが見えるだけだ。

〈なにが知事閣下だ……。なにが内鮮一体だ……〉

壁に両手を押しあてて、上半身の重みを腕にかけながら、僕は大声で喚き散らしたい誘惑に耐えた。身動きのとれない圧迫感が、体の隅々の末梢神経にまで伝わってくる。深い底知れぬ泥沼に陥ちこみ、足掻いているような苛立ち。なにもかも行き詰ったというような不安。孤独感。でも僕に、いったい何ができるというのであろう。僕には、薛鎮英は救えないのである。

薛玉順が、婚約者の金田北萬が拘引されたと知って、単身来城したのは一日おいた二月七日のことだった。憲兵隊へ出頭したが、取調べ中で面会はできないという冷たい返事だった。むろん、どんな理由で取調べているのかも教えて貰えない。思いあまったように、玉順は道庁に僕を訪ねてきた。ふだんでも白い顔が、怒りのために蒼ざめていて、ひどく昂奮している風である。彼女はなにも云わなかったが、その眼は僕を責めていた。僕はたじろぎ、罪の意識に、ずたずたに虐《さいな》まれた。

父親は一昨日の夜から、風邪をぶり返して寝ついているのだと彼女は云った。

「心配すると思って、父さまには知らせずに黙って出て来ました」

玉順は、よほど憲兵隊で冷たくあしらわれたらしく、もう涙声になっていた。

僕は、口も利けなかった。ありきたりの言葉で、彼女を慰めることはできないと思ったからでもある。僕は課に戻り、係長に外出する旨を伝えてから、黙って外套を着た。火鉢にあたりながら、玉順は廊下で待っていた。

「僕が憲兵隊に行ってみましょう」

僕は、ポツンと云った。行ったところで、どうなるものでもない。だが玉順は自分の婚約者が拘引されたことが、創氏改名に関係があるのだと、女性らしい本能で嗅ぎとっているのだ。このまま彼女を突き放すことは、僕まで疑われることになる。それは耐えられない屈辱だった。だから僕は、彼女のためというより、寧ろ僕のために憲兵隊へ行く気になったのである。

まだ京城の街には、物資不足を伝えられながらも、タクシーが走っていた。僕は、ちょっと途中で家に寄ってから、今夜は叔父の家に泊るという彼女を、蛤町までタクシーで送って行った。そして憲兵隊へ車を走らせた。憲兵隊は、長い赤煉瓦の塀に囲まれて、竜山駅前にいかめしく建てられた兵営の一角にある。ここへ来るのは、三度目だった。いずれも、他人のことで。

「軽い思想犯ですよ、ハハハ……」

憲兵は、僕の名刺を眺めながら、意味あり気に笑い声を立てた。総力第一課の人間だと知って、相手は安心したようである。金田北萬を拘引する事情を、僕がよく知っており、そのために打合わせに来たものと勘違いしているらしい。婚約者が心配してわけを聞きに来たので……と僕が云うと、相手は膝を乗りだして答えた。

「いよいよ、思う壺ですな。明日はひとつ、その娘の前でいじめてやりましょう。なあに、わけはないです。朝鮮人という奴は、血が嫌いですからな。男に鼻血ぐらい出させれば、アイゴーと卒倒しますぜ。お父さん、あの人を助けてあげて……てな工合で、わけもなく父親もコロリですよ」

僕は、目の前が暗くなるのを感じた。眩暈《めまい》である。暗くなった網膜に、こんどは白く突き刺さってくるような光が霞のように漂い、かと思うと顳顬《こめかみ》あたりから虹のような色彩の渦が、やつぎばやに立ち罩《こ》め、立ち罩めしてきた。腹のあたりに、何故か生臭い塊りができて、その匂いが咽喉のあたりに這い上ってくるような、不快な気持だった。僕は蹣跚《よろめ》きながら立ち上る。この息苦しい、虹をともなった眩暈から、早く逃れたいと思ったのだ。

「明日、改めて伺います」

咽喉に、声がひっかかった。眩暈は、なかなか治まらない。いや、かえって立ち上ったために、後頭部を痺れさせて、さかんに虹の輪を瞼にちらつかせる。一礼して、僕はゆっくり歩き出していた。これ以上、残酷な言葉を聞きながら、応対することは苦痛である。

僕は額に脂汗が、うっすらと浮いているのが、歩きだして自分でも判った。

「明日は、薛鎮英も来るでしょう。今日、金田北萬の父が迎えに行った筈です。たしかな身許引受人がおれば、帰してやると云ったのですよ。未来の妻の父なら、たしかな身許引受人だと云ってやったら、金田の父親は、わけもなく喜んでましたよ、ハハ……」

憲兵は得意そうに、僕を室の外まで送ってきた。浅黒い、軍人特有の皮膚の匂いは、むかつきたいばかりである。

「そうですか」

僕は返事した積りだったが、それは声にならなかった。僕は外套の襟を立て、激しい北風の街をぐんぐん大股で歩いて行った。外の風にあたると、眩暈はケロリと治っていた。京城の街は、また雪になりそうである。灰色の煤けたような空の下で、街は無表情に続いている。行き交う人々の顔も、僕にはひどく疲れ切って見えた。

〈夢がないのだ。だから乾いている。疲れている〉僕は呪文のように呟きながら、電車にも乗らずに歩き続けた。

……予定の筋書通り、その翌日、薛鎮英は高熱をおして来城した。玉順と金田北萬の婚礼は、一週間後に迫っていたのである。さっそく憲兵隊に出頭して、引き取り方を申し出

て書類に署名した。憲兵は書類をのぞきこみ、

「日本名がある筈だ。公式の書類には、日本名を書いてくれ」

と、突っ返した。芝居の台本は、すでに出来上っていたのである。創氏改名してないのですが、と薛鎮英がわけを話しても、「それでは困る」の一点張りだった。

「あなたも、娘婿は可愛いいでしょう。幸いここには、手続きの書類も用意してあります。ここで創氏改名しなさい。そうしないと引き取り上の手続きが出来ないのです」

もう、薛鎮英には、相手の魂胆がハッキリ読みとれ、頑《かたく》なになっていた。

「一晩、考えさせて下さい」

太い吐息と共に、彼は立ち上った。鉛のように、足は重い……。

ところでその日、僕は勤めを休んだ。また勤め先に、薛鎮英か玉順が、訪ねて来そうな予感がしたからだ。だが、休んでも無駄だった。昼すぎに、姉の子供が、

「兄ちゃん、お客さん!」

と云うので、玄関へ行くと、父娘が暗い表情で立っていたのである。僕は途端に、息が詰るような気がした。

「道庁へ行ったら、風邪でお休みだと教えてくれましたので、お病気のところ、大変申

し訳ありませんが……」

薛鎮英は、日頃の落着きを失って、恐縮したような表情で、おどおど頭を下げるのだ。僕は玄関脇の応接間に通して、ガス・ストーブに火を点けながら、罪人が裁きの場に引きずり出される思いであった。でも、やっぱり来てくれたか、という嬉しさも胸の片隅で疼いていたのである。

薛鎮英は、重い口調で、憲兵隊でのやりとりを話し、娘婿を救うためには、どうしても、創氏改名しなくては駄目だろうかと、僕に云った。憐みを乞うような、訴えるような瞳の色である。

「誰か、創氏改名した人で、身許引受人はいないのですか」

僕は訊いた。それは金田北萬の父親が、さんざん手を尽しても受付けられなかったのだという。〈なるほど、そうだろう〉と、僕は頷いた。彼を拘引したのも、狙いは薛鎮英の創氏改名にあったのだから。薛鎮英は、京城帝大の歴史学教授から、南総督宛に嘆願書を出して貰ったが、それっきり返事がないと語った。

「谷さん。この問題で、あなたは本当に親切にしてくれました。その上、こんな相談にきて済まないです。でも、どうしても、あなたに相談するしか……」

薛鎮英の、その言葉は嬉しい。だが、事態はもう僕の手の届かない所に来ている。憲兵隊を工作仲間に引き入れた以上、おそらく賄賂を使っても、この歯車の動きを止めることはできない。僕は、うなだれた。〈やはり、あのことを教えた方が、本当の親切ではなかったのか〉うしろめたい気持も手伝って、僕は用もないのに、何度も台所に立った。

しかし、この期に及んでも、創氏改名をせずに済む方法がないわけではない。それは唯一つ、南総督の裁決だった。総督が、特例として薛一族の創氏を免除してくれればいいのである。

「それは駄目です。南さんは、いま東京へ出張でしょう？　婚礼には間に合いません……」

淋しそうな声で、薛鎮英は笑った。去年の十一月に、はじめて会ったときより、鬢のあたりに白毛が殖《ふ》えたようだ。高熱のためか、ときどき肩で息をするのが、いたいたしい。頬の肉が、げっそりと窪んでいた。心労の所為であろう。しかし、窶《やつ》れてはいても、七百年の歴史に培われてきた、一種の気品のようなものは、決して崩れていない。

「もう、私は自分では、どうしたらいいか、判らなくなりました。……だから、玉順に決めさせます。この子の、云う通り、思う通りにしてやりましょう。ハハ……」

ややあって、薛鎮英は、決心したように呟いた。玉順は、小さな手帛《ハンカチ》を、はじめ瞼に押しあてていたが、その父の言葉をきくと、ワッと泣き伏してしまった。茶の間から、姉がびっくりして応接間をのぞきにきたほどの、大きな泣き声だった。嗚咽のたびに、水色のセーターが揉むように波打つのである。

「玉順。北萬は、お前の夫になる男だ。お父さんと、北萬と、どっちでも択《えら》べ。お前の云う通りに、お父さんはしてやるよ」

薛鎮英の声音は、顫えを帯びていた。

……そのときこの親日家の胸中に萌《きざ》しはじめ、燃え熾《さか》りはじめていたものは、一体なんであったろうか。祖先を思う一念よりも、七百年の族譜よりも、もっと尊い、朝鮮民族の誇りにかけてもといった気持は、働いてなかったであろうか？　日本政府の陰険な、卑劣な仕打ちに対する怒りは、こめられてなかったろうか？　僕は、慄然とした。薛鎮英は、悶えるように嗚咽する愛娘の背中を、しばらくは眺めやる風情であったが、しかし僕が気づくと、その瞳はうつろなもので包まれ、唇だけが強く引き緊められていた。僕は居堪らない気持で、玉順の低い嗚咽を聴いた。体の髄深く、鋭く突き刺さってくる嗚咽であった。

金田北萬への拷問は、日増しに激しくなった。柔道場で気を喪うまで投げられたり、鞭打たれたりした。金田北萬の父母や兄弟たちは、薛鎮英を呪った。金家は全羅北道全州の名家で、疾うに金田と創氏改名していた。族譜もなく、その方が病院を経営するのに、好都合だったからでもあろう。ただ男の子は北萬だけだった。その北萬を殺す気かと、母親は気も狂わんばかりに号泣し、薛鎮英に創氏改名を迫った。しかし、金田北萬に救いはなかった。

薛玉順は、婚約者の体より、父の家系を択んだのである。

金田北萬は、ただ真面目で、甘やかされて育った医科大学生であったに過ぎない。自白しろと云われても、材料もなかった。はじめから無実なのである。

しかし憲兵たちは、予定の筋書が狂ったことの腹立ちも手伝って、

「お前は民族主義者だろう！　朝鮮の独立を望んでいるだろう！」

とかわるがわる、徹夜で虐み続けた。この華奢な青年は、なぜ急に自分が、そんな嫌疑をかけられたのか、判らない。

撲られ、首を絞められ、気を喪うと冷水を浴びせられながら、金田北萬はただもう眠りたい一心だった。頭の芯に、腐敗した瓦斯《ガス》が充満しているようで、もう何も考えられなかった。眠りたい欲望だけが、彼を支配した。現実の苦痛から逃れたい一心で、彼は憲兵のさし出す調書に拇印を捺した。ガックリとなった。

その時になって、始めて憲兵は、彼に憐れむような好意を見せた。そして彼が、薛鎮英の創氏改名のため、利用された小道具にすぎないことを教えたのである。金田北萬は、薛鎮英を恨み、玉順を恨み、憲兵を憎み、そして日本を憎んだ。こうして、一人の民族主義者が誕生したのである。火の気のない冷たい独房で、薄い毛布にくるまってガタガタ震えながら、金田北萬は、すべての日本人を呪った。事実、この時から彼は、反日の心を燃やしはじめたに違いないのであった。(釈放されたその日の午後、金田北萬は、京城郊外の志願兵訓練所に入所させられた。むろん強制志願である。彼の名簿には、赤い丸がつけられ、教官となった下士官たちは、この青年に思う存分ヤキを入れた。生傷の絶え間はなく、家族への面会は愚か、手紙を書くことすら許されなかった。でも、金田北萬は昔の彼ではなかった。同じような思想と経験を持つ若い鮮人の青年は、この訓練所にはウョウョいた。彼が同志たちと共謀して、集団脱走をはかり、捕えられて獄死したのは、それからずっと後のことである。)

薛鎮英には、第二次の工作が始まっていた。末娘であり、妻を失ってから掌中の玉のように可愛がっている玉順を、その頃でも珍しい婦女子徴用工として、仁川造兵廠に強制収容しようという計画である。もちろん、玉順一人だけを特別に択びだすわけに行かないので、附随的に、界隈の小作人の娘たちも、徴用工の対象として駈り出されることになっていた。

――僕が、その計画を知ったのは、偶然だった。係長の留守に、書類を届けに行って、「薛玉順以下七十名の徴用に関する試案」という、起草しかけの文書を発見したからである。中身を読まなくても、僕には、すぐピンときた。

その夜、僕は薛玉順に、速達を書いた。そして早く就職した方がいいと、僕は奨めた。ところが折り返し来た彼女の手紙では、就職先のあてはないという。でも、まごまごしてはおれなかった。そして思いついたのが、薛鎮英が小作米を献納した陸軍倉庫である。陸軍倉庫には、中学時代の友人が、何人か勤めていた。僕は訪ねて行って、上司を紹介してもらい、

「実は薛鎮英の娘が、陸軍倉庫にでも勤めてご奉公したいと云っている」

と話した。裏の複雑な事情は、なにひとつ説明しなかった。

「おう、二万石献納の薛鎮英か！」

相手は彼を憶えていたので、話は簡単だった。職務はいくらでもあるという。その日の

うちに話は決まり、玉順は次の月曜日から勤めることになった。トントン拍子という言葉があるが、僕はこの時ほど楽しかったことはない。徴用先に予定されていた仁川造兵廠では、三八式歩兵銃がつくられているという話だった。どんな工場かは知らないが、創氏改名の工作に利用される位なら、玉順などには勤まらないような職場であろうことは、はっきりしている。僕自身、十日間の徴用に音を上げて、道庁へ就職している位なのだ。彼女に、そんな辛い思いをさせ、日本の卑劣なやり口を恨まれることは、忍べない苛責であった。

「どうして、名前だけのことなのに、そんなに目の敵にするんですか？　なにか、父さんが悪いことしたんですか？」

蛤町の叔父の家に寄寓して、陸軍倉庫へ通勤するようになったある日、彼女は就職のお礼を云いに来て、ちょっと皮肉のように僕に抗議した。玉順の話によると、幸い彼女だけは陸軍倉庫の事務員として就職しているので徴用を逃れたが、その他の娘たちは、造兵廠に送られ、粗末な宿舎と食事と被服だけを与えられて、馴れぬ仕事に油まみれになって働かせられている、ということであった。「病気になっても帰して貰えない」と、玉順は、自分だけが楽な仕事をしているのが、申し訳のないような口吻なのである。彼女には、自分の家の小作人の娘たちが、自分の父の犠牲になっていることが、よく判っていたのであろう。

　しかし僕は、この第二次工作の被害を、未然に防いでやったことで、なにか胸に痞《つか》えていたものが、すうーっと下りたような気持がしていた。造兵廠に送られた女子徴用工の中に、肝腎の薛鎮英の娘が含まれていないと知ったときの、課長や係長の意外そうな顔。それを思いだしただけでも、僕はひそかに復讐を仕遂げたような快感を覚えるのだ。

　その頃となっては、創氏改名は最早、法律ででもあるかのようであった。そうして、この政策は全鮮に殆んど徹底したようで、警官たちは各民家を廻って標札が書き改められていないと、「牢屋へ入れるぞ」と、至極当然のような口を利いた。創氏改名を渋っていた地方の有力者たちも、しないと反日主義者のレッテルを貼られ、供出にしろ、税金にしろ、すべてに不利になると脅かされて、あきらめたように標札を書き変えていた。薛鎮英の娘婿が、投獄され、志願兵訓練所に入れられたというニュースが、密かに伝わっていたからでもある。

　しかし薛鎮英は、創氏改名が法律で定められたものではないことを、よく知っていた。当局としては、薛鎮英だけのために、創氏改名を立法化することは威信にかかわる。それは日本政府が、薛鎮英だけのために、敗北したことを意味するのだ。従って、あくまで立法化せずに、彼に創氏改名させようと、必死になっていた。なにも創氏改名を承諾しなかったのは、彼一人ではない。全北知事の孫永穆、慶北知事の金大羽なども、最後まで創氏改名をしなかった人達である。でも、それらの人たちは、薛鎮英のように民間人ではなく、行政官庁に勤めていたため、巧みに特例を認めさせたにすぎない。不幸なことに、彼は権力のない民間人であったのだ。

……そのころになると僕は、ときどき、生きている自分というものに、強い疑問を抱くようになっていた。自分が判らないのである。凡てが茫漠として、希望は喪われたかのようであった。心の支えとなるものは、なにひとつない。それなのに僕は、徴用されることもなく生きている。毎日毎日が、黙っていても過ぎてゆく。

僕は、ややこしい書類を作製しながら、ふと顔をあげて周囲を見渡してみる。京畿道庁総務部総力第一課第三行政係。そこに、谷六郎という男が坐っているのだ。そして隣の机の男も、真向いの机の男も、同じ仲間として僕を眺めている。課長から係長へ、係長から担当課員へ伝わってくる命令を、なに一つ疑問を持たず、鵜のみにして機械のように働いている。それでいて、なんの屈託もなさそうなのが不思議だ。

〈おれは、機械にはならない〉僕は、そう呟く。異質な自分を感じる。でも、僕も歯車の一つになっているのだった。これは一体どういうことだろうか。矢張り僕も、立派な機械なのか。僕は不意に、あの眩暈に似た、いやアな、低く澱み澱みしながら拡がった、暗い紅の色を思い浮かべる。鉛のように重たく、疼くように激しく、僕の周りを取り巻いている、黒い渦。僕は、この渦から逃れられない。自分の感情は釘づけにされたまま、深い沼の底へ引き摺り込まれて行っている。

〈こんな時代に、考え、苦悩する方が狂っているのだ〉

僕は、そんなことを、ぼんやり納得していた。考えること、批判すること、それらは自分の身に逆に突き刺さってくる鋭い棘だった。だからこそ、禁忌《タブー》なのだ。その頃、僕に必要なのは、仕事への完全な惰性であった。忠実な官吏でありたいと、僕は希った位である。

「この度は、娘玉順のことにつき、色々と親身も及ばぬご配慮を忝うし、このご恩は決して忘却いたしませぬ。貴方のご好意は、生涯の喜びとも申すべく云々」と、薛鎮英から漢文体の達筆な礼状と共に、巴旦杏《はたんきょう》の籠が届けられたのは、六月に入った頃であった。玉順が陸軍倉庫に勤めだして、間もなくである。

僕たちは、五月一ぱいで創氏改名の仕事を終り、こんどは国語常用運動という任務に就かせられていた。国民学校から朝鮮語の教科書は、すでにのぞかれていたが、更に新聞をはじめ凡ての刊行物を廃止し、どこでも日本語を使用するという運動なのである。

朝鮮語を使う者は、戦争非協力者であり、反日主義者である。帝国臣民はすべからく、日本語を常用すべきである。……大体、そんな一方的な発想から、「皇国臣民の誓詞」という馬鹿馬鹿しい呪文が、つくられたのであった。

「一ツ、私達ハ、大日本帝国ノ臣民デアリマス」「一ツ、私達ハ、心ヲ合ワセテ、天皇陛下ニ忠義ヲ尽シマス」「一ツ、私達ハ、御国ノ為ニ、立派ナ日本人ニナリマス」という文句は児童用の「皇国臣民ノ誓イ」である。このほかに大人用の誓詞があった。「一ツ、我等ハ帝国臣民ナリ。忠誠モッテ皇国ニ報ゼン」といったような三箇条の文句だ。

僕たちは、この三箇条を、人が五人集まればこれを斉唱し、一切の儀式の前には全員でこれを唱える習慣を、普及しろと命じられた。この呪文を唱えているうちに、日本語常用の熱がたかまり、愛国思想が徹底されるというのである。またしても僕には、どうにも馴染めない仕事であった。

薛鎮英の手紙を判読しながら、僕はその後どうなっているのだろうと思った。彼を救えるものなら救ってやりたい、という気持は相変らず心の片隅にある。だが上司が、どのような次の手を打とうとしているのかは、その仕事を離れた一課員の僕には、判らないのだ。

判らないから、僕は、微かに苛立つ。子供の頃、僕は郊外で、蛇が嬲《なぶ》り殺しにされているのを目撃したことがある。生きたまま皮を剝がれた蛇が、草の上を苦しそうにのたうち廻っていた、あの凄惨な光景。それが思い浮かべられてならないのだ。

いまの薛鎮英の姿に、僕はこの蛇を連想していた。そして、皮を剝ぐのを手伝ったのは自分である。その蛇は、草の上から埃っぽい道に落ち、藻搔きながら泥まみれになって死んで行った。薛鎮英は、いま、のたうち廻っているのである。固く拳を握りしめ、ハッと息をのんだまま凝然と突立っていた幼い頃と同じように、僕は薛鎮英の苦しみをただ傍観するばかりなのだ。

彼が、創氏改名を承知さえしたら、ことは凡て円満に解決するのだった。だが、法律化されない限り、彼にはその意志はない。薛鎮英には、いまや七百年の薛一族の誇りがあるだけなのだ。彼の敗北は、一族の敗北であり、朝鮮民族の敗北だった。五千年の歴史をもつ民族の歴史をなくされ、三千万という民衆の言語と文字を奪われ、更にその姓名まで取り上げられようとする瀬戸際なのである。

薛鎮英は、意地になって、族譜を護り抜こうとしていた。「法律ではない。私は自発的に創氏改名する気はない」というのが、彼の云い分なのだ。だが当局にしてみたら、その云い分が尤もであるからこそ、腹が立つのであろう。勝敗は始めから判っていた。奇蹟の行われぬ限り、である。

——そうだ。勝負は最初から見えていた。僕は薛鎮英に、怯えるような灰色の死の翳が、次第にその色を深め、やがて黒い喪章に変りつつあるのを、漠然と感じとっていた。それは始めから助からない、重症患者だったのだ。僕は手術を主張した。でも患者は、手術を厭がったのだ。僕はカンフル注射を打ち続けながら、ただその生命を僅かに長らえさせたにすぎない。〈でも俺は、強引に手術すべきではなかったろうか?〉

僕の予感は、不幸にも的中した。意外にも早く、それは的中したのである。

『チチシス「六ヒソウギ ス」ヘイ』

電報は、暁方に配達された。昭和十六年十月二日の朝のことである。僕は寝呆け眼をこすりながら、義兄からその電報を受け取った。そして電文を読み下しながら、不吉な予感に、なぜか指先が顫えた。

「六日に葬式を出すというのに、電報を寄越すなんて、人騒がせな奴だな」

義兄は笑いながらそう云った。僕は、返事をせず起きてカーテンを開けた。窓の外は雨だった。夏が終って、京城の街はホッと一息ついたところである。官舎の庭に植えられた葡萄が、青い大きな実をつけて、涼しそうに雨に濡れていた。ぼくはその後、玉順から連絡もなく、夏の盛りに薛鎮英から、見事な成歓真瓜や、二十世紀を送ってきたりしたので、なんとかうまく納まってしまうのではないかと、考えたりしていたのだ。

〈いや、病気だろう〉

僕は、不吉な空想を払いのけながら、自分に云い聞かせた。あれだけ強情一徹な男が、自殺する筈はない。自殺したとしても、それは創氏改名の所為ではないだろう。もしそうだったら、父を殺した片割れである僕に、玉順が電報を打って寄越す筈がない……。

その日、僕はいつもの通り、姉のつくった弁当を、義兄のお古の手提鞄に入れて、雨の中を出勤した。午後から僕は、学務課の男と国語普及の講習会のため、開城へ出張することになっている。課長は十時ごろ、宿酔みたいな顔つきで出勤してきた。出張予定表にハンコを貰い、旅費を出して貰うため伝票をもって、僕は課長のところに行った。

「ご苦労だね、谷君」

課長は、刷毛で印鑑を掃除しながら、いつになく笑顔をみせた。そして勿体ぶった手つきで、書類にハンコを捺すと、

「ああ、そうだ」

と僕に顎をしゃくるのだ。課長は椅子の背に首をもたせるようにした。それは彼が、自分の手柄話を部下に聞かせるときの一つのポーズだった。

「は?」

と、僕は答えた。

「きみが手古摺《てこず》っていた、あの男な。……ホラ、献納米の」

僕は、耳を疑った。課長が、彼の死を知っているとは、意外だったからだ。

「薛鎮英ですか」

「うん、そうか。その薛鎮英。とうとう九月三十日に、創氏改名したそうだよ。昨日の昼に、道庁へ報告があった。さんざん、苦労させやがったがな。……これで京畿道は、完全に十割目標を達成できるわけだ」

「彼が……創氏改名ですって?」

僕は、ごくりと唾を嚥み下した。そんな莫迦なことがある筈がない。玉順から、死んだという電報を受け取ったばかりではないか!

「ほう、驚いたかね! 課長のわしが、知事閣下に出馬して頂いて、乗り出した仕事だよ。谷君。きみは、わしにも出来ないと思っていたのかね?」

課長は、目を細めた。そして給仕の運んできた茶を啜った。僕は、また眩暈を覚える。慌てて僕は、課長の机に両手をついた。

「そんな、そんな筈はありません！　薛鎮英は、死にました」

「えッ、死んだア？」

相手は、流石に愕いたように、上半身を急に起した。ちょっと顔が強ばっていた。

「きみ、それ本当かね？　原因はなんだ。自殺か？」

課長は、急き込む調子できいた。その相手の狼狽した表情を見たとき、僕には、なにもかも事情が判ったような気がした。それを聞いて係長が立ってきた。

「薛鎮英が……本当かい？」

係長は、声を押し殺して云った。そして独語のように呟いた。

「まさかなア」

「死んだのは本当です。でも、病気か、事故かは判りません」

僕は、二人の男たちを見た。思わず強い口調になっていた。二人は顔を見合わせ、一瞬、不安そうな色を漂わせる。〈そうだ。この男たちが殺したんだ〉僕は直感した。なにか次の工作の手を打ったのだ、こいつらが。おそらく僕の眼は、咎めるような、強い色になっていたのであろう。課長は鼻の先で、フンと笑うような仕種をして、僕の視線を撥ねつけた。そしてまた、椅子の背に首をのせた。そして天井を見やりながら、云い放ったのである。

「あんな非国民が死んだって、線香の一本も上げられるもんじゃァない。なア、係長」

僕はカアッと逆上《のぼ》せた。体が、怒りのために震えた。体の周囲に、白熱性の閃光がひらめいたような気がした。思わず握り緊めた拳が、激昂のためわなわなと戦《おのの》いた。どうにも今の課長の言葉だけは、許せない気持がした。

「課長！　今の言葉は、取り消して下さい。薛鎮英は、日本人の誰よりも、立派な人間です。少くとも、僕たちよりは」

感情が激してきて、声が次第に大きくなってくるのを、どうしても僕は抑えられなかった。課長は、むッと気色ばんだ。

「谷君。僕たちというのは、わしのことも入っているのかね？」

「……死んだ人間を、冒瀆するのは止めて下さい。彼は非国民ではありません」

あまりにも激しい僕の剣幕に、課員たちは愕いて、立ち上りかけたりした。課長も少し狼狽して及び腰になったが、やっと気を鎮めたかのように、回転椅子にがたんと腰を落した。そして小憎らしく微笑した。落着きを示すような、無理につくった笑いだった。頭に血管が青く浮き、唇のあたりがピクピク痙攣している。

「ホウ！　そんな立派な人間が、なぜ創氏改名などで手古摺らしたんでしょうかね。立派な人間とは、そんなものかねえ」

僕の怒りを、はぐらかすような口調が、口惜しかった。〈怒ってはならない。そんなことを、云ってはいけない〉心の片隅で、何者かが懸命に僕を、引き留めようとしているのは知っていた。今、僕のしていることが、非常にまずい影響をもたらすであろうことは、よく判っていた。でも、課長たちが薛鎮英に創氏改名させた以上、そして現に彼が死んだという電報が来ている以上、そこに、僕には、量り知れない陰謀が働いていたことは、明らかである。

そのことを、僕は指摘したかったのだが、それはうまく言葉にならなかった。課長は、課員たちをジロリと一瞥し、僕を無視したように眼鏡の玉をハンケチで丹念に拭いはじめるのだ。僕はまた、あのいやアな眩暈に襲われていた。目の前が昏《くら》くなり、後頭部から急激に血が降下して行くような感じである。

「課長は創氏改名にだけ拘泥《こだわ》って、彼の家の族譜をご覧にならないから、そんなことを云うんです。一体、彼のどこが非国民ですか？　非国民が、頼まれもしないのに、一年分の小作米を献納したりしますか？　非国民というのは、こんな時代に、明治町の女給を妾に囲ったりしている人間を云うんです。そんな愚劣な、出世主義の男に比べたら、薛鎮英ははるかに立派です。僕は、そう云ったまでです」

係長は、顔色を変えた。そして僕の体を押しやるようにしながら、

「なにを云うんだ、谷君！」

と、低く制止した。係長は、課長の方を不安そうに窺った。〈ああ、やっぱり云ってしまったな〉と、僕は思った。自嘲めいた笑いがこみ上げてくる。でも、この職場を棒にふる肚が決まると、不意に眩暈が消えて冷静さが甦ってきた。僕は、係長の手をゆっくり払いのけ、血の気を喪って立ち上り、言葉を必死に探している課長の顔を見やってから、

「係長！」

と呼んだ。

「係長。あなたは、何かを誤解してる。僕がいつ、課長のことを申したでしょうか？　それとも係長は、課長が明治町の女給を妾に囲っている非国民だとでも、仰言りたいんですか。ですが、課長はそんな方ではない筈ですよ。朝鮮軍に二万石の米を献納した男を、非国民だと極めつけるような方ですからね。よほど立派な方でなければ、そんなことは云

えない文句ですから、ね」

思いのほか、言葉はすらすら出た。係長だけは、課長の秘密を知っているらしい。皮肉たっぷりな僕の反撃に、眼を白黒させている。課長の顔は見なかった。だが額に青筋を浮かせ、口も利けず、拳をワナワナと顫わせている様子は、気配でわかった。

「兎に角、僕は薛鎮英の家へ行ってみます。今日は、欠勤ということにして下さい」

僕はどちらにともなく一礼して、自分の席に戻った。そして机の抽出しを整理しはじめた。係長は、呆然と突立ったまんま、どうして事態を収拾したものかという風に、落着かぬ視線を僕の方へ走らせている。課の中は、シイーンとしていた。

「谷君！」

憎悪のこもった声で、課長が云った。僕は微笑を浮かべた。

「判ってますよ、課長。僕はもう、今日限りここには来ない積りです。あなたの悪口を云ったから非国民だ、非国民だから辞めて貰うというわけでしょう」

係長が傍に飛んできて、小声で、

「早く謝り給え！」

と云った。僕は、首をふった。急に眼に涙が出そうになった。

「私物は全部整理しました。開城出張は、二宮君にでも代って貰って下さい」

手提鞄をもち、僕は課のドアーを押した。そしてゆっくり、一段ずつ階段を踏みしめて下りて行った。馬鹿な真似をした……という自嘲ともつかぬ感情が、僕を押し包んだ。一生懸命に自分から縋《すが》っていた綱を、僕は自分の手で断ち切ってしまったのだ。だが、いつかは僕の重味を支えきれなくなって、ぷっつり切れるであろうことは承知していた。そのときまで、未練たらしく綱に縋っているより、この方がいいかも知れない。僕は、自分を慰めた。

道庁を出てから、僕はゆっくり、その赤煉瓦の建物を振り返ってみた。いまごろ課の連中は、僕のことを莫迦な奴だと私語しあっていることだろう。〈そうだ。僕は莫迦な男だ！〉でも、不思議に気持はカラッとしていた。なにもかも失ったというより、肩の重荷を下ろしたような、そんな気持だった。僕は雨に濡れながら、光華門通りを、ぶらぶらと歩いて行った。雨は静かに街を濡らし、樹の葉を濡らし、土瀝青《アスファルト》の道を濡らしている。僕は、いつか玉順が、「北萬と父さんと、どっちでも択べ」と云われて、泣き伏した光景を思い浮かべた。その彼女が択んだ父が急死したのである。彼女の愁嘆ぶりは、想像できる。そのことに心が動きはじめると、やがて雨は僕の心を濡らし、暗く澱ませて行った。

——薛鎮英の死は、予期通り自殺だった。創氏改名が殺した、というよりない。玉順から、涙ながらに彼が自殺するまでの事情を聞いているうちに、僕の顔は忿怒に歪んで行った。自分が日本人だと、大きな顔をしていることが、つくづくと恥ずかしかった。

第三次工作の対象に択ばれたのは、薛鎮英の五人の孫たちである。学年は違うが、孫たちはそれぞれ国民学校で、級長や副級長に選ばれていた。どのように手を廻したのか知らないが、当局は教師を使って、その孫たちをいためたのだ。それは一種の、神経戦術というべきものであった。

「おや、このクラスにはまだ日本人になりきれない生徒がいるな?」

と云うような調子から始まって、終いには、

「創氏改名しないのは日本人ではない。明日から学校へ来なくてもいい!」

と云う風に、教壇の上から、じわじわと締めつけて行ったのだという。なにも判らない他の生徒たちは、この教師の言葉を楯にとって、薛鎮英の孫たちを、よい機会だとばかりにはやし立てる。大地主の孫だけに、こんな機会でもなければ、いじめられぬのだ。

孫たちは、帰宅するなり祖父の室に駈け込んで、なぜ創氏改名して呉れないのか、と不満そうにきいた。薛鎮英は、最初のうち、しなくともよいのだと教えたらしい。ところが

泣きながら帰宅するようになり、挙句の果は、朝になっても学校へ行かないと、駄々をこねて泣くようになった。わけを聞いてみると、先生が創氏改名しない子供は学校へ来るな、と云ったという。二、三日は、なだめすかして登校させた。しかし終いには、皆からいじめられると云って、どうしても学校へ行かないと泣くのだ。

頑是ない子供であった。祖父の意地も、族譜の尊さも知らない。孫たちは、ただただ祖父が創氏改名をしてくれないのが、悪いのだと思っている。また、そのように学校で教え込まれている。さすがに薛鎮英も、五人の孫から責め立てられて、すっかり神経衰弱気味となった。来る日も来る日も、五人の孫が、かわるがわる哀訴嘆願するのである。これでは、神経が参らない方がおかしい。彼には、可愛い孫たちが、あんなに泣き喚いて祖父を責める以上、学校での迫害がどんなものか想像がついた。孫たちが三日も学校を休んだと知ると、彼は一晩中起きて、なにやら片附けものをしていたらしかったが、翌朝、孫たちを集めて云った。

「さア、お前たちの云う通りにしてやるよ。だから、もう休まずに、学校へお行き!」

孫たちが有頂天になって、登校するのを見送ってから、薛鎮英は面事務所に赴いた。そして「草壁」という日本姓で創氏改名の手続きをすませた。面事務所の役人が書類を見ると、なぜか届主である彼の項にだけ日本名が書き入れてなかった。

「薛さん。あなたは、草壁なんと変えるんですか」

吏員は訊いた。届主の名が空白のままでは困る。薛鎮英は手をふって笑った。

「私の名は、まだ考えてないんです。今夜中に考えますから、家族のだけ、取り敢えず受付けて下さい」

淋しい足取りで、彼は家に戻ったが、それっきり居間に閉じ籠って、夕食まで出て来なかった。遺書をしたためていたのであろう。夕食後のひととき、薛鎮英は家族たちと、いつになく楽しそうに談笑して、孫とふざけたりして団欒の一刻を過した。寝に就いたのは定刻だったが、真夜中、薛鎮英は起き上ると新しい衣服をつけた。そして母屋の裏手にある古井戸に、石を抱いて投身したのである。

死骸は翌朝発見された。飼犬が、古井戸の周りをくるくると吠えて、家族に異変を伝えたのである。玉順はじめ、息子たちにも電報が打たれた。駈けつけた玉順は、冷たい父の遺体に抱きつき、身悶えしながら号泣した。家族が調べてみると、僕に宛てた遺書が一通混っていた。僕に電報が打たれたのは、そのためである。

玉順たちの目の前で、僕は薛鎮英からの遺書を開いた。いまこそ僕は裁かれるのだ、という気持がして、膝頭が小刻みに震えていた。ところが遺書の中身は、意外なことであった。先ず生前の短い交誼を謝し、愚かにも祖先に殉ずる私を笑って欲しいと述べたあと、彼はこんなことを私に依頼してきたのである。

「……私一代にて、伝統ある薛一族の族譜も無用の長物となりたるは、誠に残念なれど、さりとてこの資料を焼却するにも忍び難く候。就きては、よき理解者たる貴下に、その取捨を一任したく、でき得れば京城帝大にでも寄贈方、お骨折り下さらば幸甚これに過ぎたるはなく……」

漢文だから判読であるが、日本文に直せば大体そんな文章になる。つまり薛鎮英は、僕が族譜に感動して、彼のために蔭ながら心を痛めていたことを、理解していてくれたのである。そして、その族譜を京城帝大にでも、寄贈して呉れないかと、依頼して逝いたのである。僕は、熱くなった目頭をおさえた。鼻柱を疼痛が走った。

『昭和十六年九月二十九日。日本政府、創氏改名ヲ強制シタルニ依リ、ココニ於テ断絶。当主鎮英、之ヲ愧ジ子孫ニ詫ビテ、族譜ト共ニ自ラノ命ヲ絶テリ』

とが、その族譜の最後に、彼が記入した諺文の言葉である。

遺骸は祭壇に飾られ、三日おいて葬儀が朝鮮の古式にのっとり、華やかに行われた。花車のように飾りつけた柩を牛に曳かせ、人々はその牛車の上で舞いつつ、死者の霊を慰めた。そして墓地へ、蟻が這うような遅々たる歩みを続けた。哀号を連呼する泣き巫女の、麻縄をぎりぎり頭に結えた姿や、麻の朝鮮服で柩を守りながら従ってゆく家族たちの姿は、参列する弔客を深い悲しみに誘った。蜿蜒《えんえん》と長蛇の如く、葬儀に参じた者は六千名を越えた。近来、稀にみる葬儀であったとは、土地の古老たちの言である。新聞は小さく薛鎮英の死を報じ、申し合わせたように、死因は神経衰弱と片附けてあった。

葬儀のあと、僕は頼まれるままに、跡始末など手伝って、その夜は薛家に泊った。僕は課長が葬式に参列しなかったことや、そらぞらしく知事の弔花が飾られていたことなど思いだし、どうしても寝つかれなかった。中庭を誰かが歩き廻っているような跫音がするので、起きてみると、玉順が肩を落し地面をみつめながら中庭に佇んでいた。落胆の所為か、ひどく窶れたように横顔が見えた。

「眠れないんです、どうしてもお父さまが可哀想で……」

玉順は、僕に気づいて、淋しそうに微笑った。僕も庭へ下りて、道庁を辞めたことなどを、ポツリポツリと喋った。別に、弁解する積りではなかった。だが玉順は、その言葉をきくと、怒ったような、いや、歯軋《はぎし》りするような激しい口調で、

「もう遅いです。みんな、遅いです」

と吐き捨てた。

婚約者を奪われ、父を殺された朝鮮の乙女の、激しい怒りが犇々と僕の身にも伝わってきて、なんと返事してよいか判らないのである。もう、遅い。みんな、遅い。僕は呻くように呟くだけだった。金田北萬からは何の便りもなく、面会に行っても会わせて貰えなかった、と玉順は語った。僕はうなだれ、

「憎いでしょう。僕を恨んで下さい」

と、憔悴した玉順の横顔に、洩らすよりなかった。

——僕はそれから三月ばかりして出征した。大東亜戦争がはじまっていた。大袈裟な見送りは嫌だからと、義兄たちや絵の仲間に断って、ただ一人で、僕は列車に乗った。そして三等車の座席でぽつねんと、発車までの時間を過した。窓ぎわには、僕と同じように赤紙をもらった人々が、家族や職場の仲間に別れを告げている。でも、僕は一人ぽっちだった。〈これでいいのだ〉と思っていた。なにも悲しくはなかった。どこか贖罪《しょくざい》に似た、寧ろ晴々とした気持すらあった。

（完）

李朝残影

1

——野口良吉が、京城の花柳界で変り者扱いされていた、金英順という女性を知ったのは、昭和十五年の夏のことであった。

たしか、蒸し暑い、蚊の多い雨の夜だったと記憶している。

金英順は、いわゆる妓生《キーサン》であった。日本でいうところの芸者である。

当時、京城の花柳界には、芸者と妓生の二つが公認されていたのだが、日本芸者と異なり、妓生の方は、年々衰微の一途を辿って、鍾路《しょうろ》の旗亭に、わずかに昔の面影をとどめる程度であった。

それも日韓併合以来、時の波に押されて職業化し、日本化してしまった妓生たちが多いのであった。つまり昔の妓生の、見識や格式などは、時代の流れと共に、喪《うしな》われていたのである。もしかしたら金英順はそうした、喪われ滅びてゆく妓生の品格を守り抜こうと、ただ一人で反抗していた女なのかも知れない。

李朝時代の妓生といえば、吉原の花魁《おいらん》も遠く及ばない、朝鮮の民衆にとっては、貴族的な存在であった。

たとえば野口は、自分の父親から、昔の妓生の名刺を見せられたことがある。かつて軍人だった野口の父は、すこぶる几帳面な性格で、一日も欠かさず日記をつけ、その日に応対した人間の名刺を、日時と要件をメモして、きちんとスクラップ・ブックに貼りつけておくような所があった。その名刺帳の古い一冊に、「正三品　平壌・月桂」「正四品　晋《しん》州・玉蘭」というような、わけのわからない小型の名刺が、貼ってあったのである。

それは、妓生の名刺であった。

「晋州とか、平壌というのは、むかし妓生の産地だったんだな。平壌第一、晋州第二といわれて、二人とも大した美人だったよ……」

酒に酔って、機嫌のよかった野口の父は、まだ中学生だった彼に教えてくれたものである。「正三品」とか「正四品」というのは、位階勲等の一種で、正三品は郡守と同じ官位だった――。つまり李朝時代の妓生とは、それほど社会的地位をもった存在だったわけである。遊女芸者が、日本で官位をもらったという話は、いまだ一度も耳にしたことがない。

李朝では、とくに官妓の制度を定め、内医院、恵民院の女医、尚衣院の鍼線婢《しんせんひ》という名義で、三百余人の妓生を、宮殿のなかに養っていた。鍼線婢とは、裁縫を司る女官という意味である。

これは高麗《こうらい》の楽制に倣《なら》って、礼楽《らいがく》を国政の第一に定めたため、礼宴に女楽を必要としたからであった。

これらの官妓たちは、宮中に酒宴があるときは、宴席につらなり、顕貴・高官たちに酒杯を斡旋し、歌舞音曲によって興趣を添えた——と文献にある。つまり国政を牛耳《ぎゅうじ》る人々の襟首をしっかと握って、その一顰《ぴん》一笑により、裏面から、間接的に政治を動かす地位にあったと、考察できる。就職とか、訴訟だとかに、彼女たちが大きな影響力を持っていたであろうことだけは、想像に難くない。

産地といわれる平壌、晋州には、妓生を養成する学校まであった。歌舞・音曲・読書・習字は、いわば必須科目で、詩や絵画まで教えたそうである。

もちろん、妓生にも階級があった。

一牌、二牌、三牌の三段階があり、三牌は准妓生とも呼ばれた。その成績や行状によって、二牌に進級したり、または三牌に落されたりした。そして一牌というのは、ほとんどが宮中に出入りできる官妓で、みだりなことでは肌を許さなかったという定説がある。

遊ぶにも、手続きがうるさかった。

その女性を見染めたら、狭斜《きょうしゃ》の巷の情に通じた、紹介者を捜さなければならない。そしてお礼をして、その通人に伴われて、妓生の家に何度か遊びに行く。顔なじみになったところで、ようやく紹介者を通じて、おそるおそる妓の意向をたしかめて貰うわけである。そして頭から断られたら、それでお終いだった。

相手が承諾したとなると、大変である。金子《きんす》に添えて、新しい着物を幾重ねか妓生に贈り、相手がいやと云うまでは、その関係を絶ち切れない。いわゆる旦那となるわけで、費用はすべて男の負担となるのだった。准妓生といわれる三牌クラスを相手にするときでも、遊興するにあたって、五日間とか十日間とか期間をきめ、そのあいだは、妓生の家に入り浸って、起居を共にする慣わしであった。だから妓生は、大衆にとっては高嶺の花に等しかったのだ。手の届く対象ではなく、また妓生たちも誇りを持っていた。

——しかし、時代の流れは、妓生の地位も技芸も、そして品格すらも堕落せしめてしまった。高嶺の花だった妓生は、蝎蛹《カルボー》と呼ばれる卑しい売春婦のような存在にと、変化してしまったのである。

金英順は、そのことを嘆いていたのかも知れない。少くとも、はじめのうち野口良吉には、そう思えた。

彼女が売り物にしている、李朝時代の宮廷舞踊に、野口がはじめて接したのは、たしか万歳事件に因縁のふかい、鍾路仁寺洞の「紅夢館」という料亭だった。

美校時代の俵春之という友人が、満州に新しくできた映画会社の、美術部助手として赴任する途中、京城に立ち寄ってくれたのが、そのキッカケである。

野口の父は、南山麓の「千代田楼」という旅館の娘と結婚し、大正九年に軍人を辞めて以来、旅館業に専心していた。彼は、その父と母との間に生まれた一人息子である。

父は陸士か、海兵を受けさせたがったが、幸い彼は強度の近眼で、自分の志望通り、美術学校へ進むことができた。そして学校を卒業すると、京城にもどって、私立女学校の絵画教師となる傍ら、好きな油絵をかいて暮していたのだった。

そのころ、彼が画題に択んでいたのは、朝鮮の風俗の面白さである。

日本化されてしまって、どしどしと朝鮮の風俗は、巷から姿を消していた。

たとえば旧正月に、朝鮮の男たちは「栖戯《ユツノリ》」という賭博《とばく》に興じたり、婦女子は「跳板戯《ノールテイキ》」を楽しむ。

柶戯とは、堅木の円い二本の棒を、縦に割って四本とし、これを投げ、その変化する五種類の俯仰によって勝負を争うゲームだ。これは朝鮮独特の遊戯だった。

跳板戯は、藁の束、カマスなどを枕にして、その上に板を載せる。そして板の両端に一人ずつ立って、交互に跳ね揚がる。いわばシーソーみたいなものだが、若い女性が、色彩の華やかな服装で、新春の寒空に裳《チマ》を翻すその風景は、まさしく一幅の絵画だった。

しかし近年では、その季節に農村へでも訪ねて行かねば、柶戯も、跳板戯も、見られないのである。野口良吉は、それを残念に思っている一人だった。

京城は、その周囲を、白岳・駱駝・仁王・木盃の諸山に囲まれ、南に漢江の流れを控えた、天然の要塞ともいうべき街である。そして李朝の太祖と、四世の世宗王のときに築かれた、長さ十六粁、高さ十米の城壁、八楼門に護られた街でもある。

その城壁を築くのに要した人員は、延べ四十二万九千八百七十名、ほかに石工が二千二百十一名——と、文献に残っている。五百年あまり、風雨に耐え抜いてきたその京城のシンボルだった城壁も、日韓併合以後は、市街の発展にともなって取り壊され、楼門も、南大門と東大門の二つを残すのみとなっている。

——昭和十五年の八月のある日、野口良吉は、友人の俵と、昼間はスケッチ・ブックを

抱えて城壁めぐりをやった。そして夜になるのを待って、
「今夜はひとつ、朝鮮情緒の纏綿《てんめん》たるところを案内しよう」
と、彼は、いっぱしの朝鮮通のようなことを云い、俵春之を、鍾路の街へ連れだしたのだった……。

野口は、光化門から東大門に向かう、鍾路通りの風景が好きだったのである。この電車通りにだけは、昔さながらの朝鮮の雰囲気があった。それは、日本人の銀座ともいうべき本町通りとは、全く対照的な、朝鮮人の町だった。

鍾路入口にある和信百貨店。その真向かいの南隅にある、巨鐘を飾った普信閣。十三層の大理石塔のあるパゴダ公園。そして通りに軒を並べた商店——。

野口にとっては、子供の頃から、馴染みの深い鍾路の街の風物だった。彼はこの街から、いろいろと朝鮮について、知識を授けてもらったものである。

知識の種類は、雑多であったが、一例をあげると、店舗の名称がある。

朝鮮では、質屋のことを「典当舗」と呼ぶ。それを知ったのも、この鍾路の町であり、「五房在家」というのが荒物屋で、「馬尾都家」という名の、馬の鬣《たてがみ》や尾を卸売りする奇妙な店が存在することを教わったのも、この鍾路の町にスケッチに来たからだった。

温突《オンドル》に貼る黄色い油紙を売っている紙舗、乾し明太魚《メンタイ》、干鱈などを積み重ねた魚物廛、文房具を売る筆房、朝鮮独特の、ゴンドラのような木靴、ゴム靴を飾った鞋店など。——この鍾路へやって来ると、珍しい、意欲をそそる風景が、並んでいた。野口が特に好きだったのは、道路を往来している行商人たちの姿であった。

大きな鋏をガチャ、ガチャと鳴らし、銅貨がなくとも、鉄屑で交換してくれる屋台の朝鮮飴屋。客の荷物を背負って、運搬する人夫《チゲ》。往来を縫って、石油カン一杯三銭の水を売って歩く水汲人夫《ムルジャンス》。

独特の笠《カツ》をかぶり、周衣《ツルマキ》を羽織って、長煙管をくわえながら悠然と客を待つ薬草屋。夏は甜瓜、冬は焼栗で、黄色い声を張り上げる果物の行商人……。

数え立てれば、それこそきりがなかった。

野口良吉は、この鍾路の街の風物によって、朝鮮人の生活を知り、そして年ごとに喪われて行く朝鮮の風俗を知ったのである。

……事実、鍾路には、朝鮮の匂いがあり、習慣があり、色彩があった。頽《くず》れつつある民俗の風物詩。そのようなものがまだ、この街には残っていた。

だからこそ彼は、美校の卒業制作にも鍾路を舞台にえらび、パゴダ公園で憩っている朝鮮の老人夫婦を描いたのだった。卒業して、ふたたび京城での生活がはじまると、野口は一種の執念のようなものにとり憑《つ》かれて、朝鮮の風俗を追いかけた。

京城の繁華街の一つである鍾路では、立ってスケッチしていても、敵意を感ずることはなかったが、一歩足を郊外に踏み入れると、野口は自分の体に注がれる朝鮮人たちの視線に、冷たく突き刺さってくるものを覚えた。

その敵意のこもった視線は、彼と同年輩の朝鮮人の青年たちから、とくに強く感じられるのである。それは彼の横顔を突き刺し、背中に貼りつき、ときには芯の柔かい鉛筆を持った指の動きを止めた。

〈なぜだろう？〉

はじめのうち野口は気にかけなかったが、そのうち朝鮮人たちが、なぜ敵視するのかが疑問に思われるようになった。

朝鮮人を「ヨボ！」と罵り、まるで奴隷のように扱っている一部の日本人が、あることはたしかだ。しかし野口は、京城で生まれ京城で育って、朝鮮人に親しみを抱いているのだ。その好意を持つ人間を、朝鮮の風物を追いかけている自分を、なぜ彼等が憎しみの眼で眺めるのか――。彼には、どうにも理解ができなかったのである。

そうして金英順という朝鮮の舞姫は、野口に、なぜ憎むかを教えてくれた女性でもあったのだった。こう考えてくると、野口良吉には、その夜のことが、宿命的に感じられてならない。

鍾路の街を四丁目まで歩き、そのあと野口は二丁目の裏通りにある酒幕《スリチビ》に、俵春之を案内して行った。

朝鮮料理と朝鮮の酒とを味わうには、この薄汚い酒幕が、いちばん良い。

電車通りから鍾路の裏通りに入ると、急に世界が一変して、じめじめと湿っぽくなる。それは立小便の汚臭と、不潔な下水の匂いとが入り混り、暗い路地が迷路のようにくねくねと続いている所為《せい》だった。

建物は瓦葺きだが軒が低く、窓が小さくて、いかにも陋屋《ろうおく》といった感じで並んでいる。民家もあれば、商家もあった。酒幕を見分けるのは、入口の朱い柱と、檻聯《かんれん》である。

檻聯とは、入口の左右の柱に掲げられた聯句で、「寿如山」「富如海」とか「去千災」「来百福」とか、きまりきった文句が書かれてあるものだ。

野口が何度か来たことのある二丁目の酒幕には、

「花映玉壺紅影蕩」

「月窺銀瓮紫光浮」

という風流な檻聯が掲げてあって、それが彼の目印であった。反った軒廂と、朱い柱とを見ながら店の中に這入ると、広い土間がある。

そして正面の、一段と高い位置に、小さな竈《かまど》が二つ築かれているのだ。そして竈の前には、二人の男が黙然と坐っている。店の中には肉を焼く煙と、ニンニクの焦げる匂いとが、むッと生暖く籠っていた。俵春之は案の定、ゴホン、ゴホンと咳をして、驚いたように彼を見た。

「ひでえ所だなあ……」

「スリチビとは、こんな所さ。この店なんかまだ良い方で、田舎へ行くと、もっとひどい店があるんだ」

野口は得意になって、知識をふり廻した。酒幕の幕という字は、小屋という意味であること。都会では飲食店だが、田舎では宿屋をかね、蝎蛹《カルボー》を置いた売春宿もあること。酒には濁酒《マッカリ》、薬酒《ヤクチュウ》、焼酎の三種があり、娼婦のいる店を色酒家、ただ酒だけを提供する店のことを内外酒店ということ、など、など——。

「なるほど。野口は朝鮮通だよ……。だが、こう煙くって、暑くてはかなわん！」

俵は、頸のあたりの汗を拭って笑った。

土間の左手には、豚や、牛の頭が吊されてある。そして下の台には、得体の知れない、赤い肉塊や、白い臓物が、笊《ざる》に盛られて並んでいた。

中央の土間に、木製のテーブルとベンチがあって、七、八人の客が、朝鮮語で笑いながら語りあっている。二人は、入口に近いテーブルに腰を下ろしていた。

「料理は、なににする？」

野口は友人に訊ねた。

この店では、薬酒を注文すると、肉でも汁でも料理が一品つく。それが酒幕での約束事なのだった。

「なにがあるんだい？」

「代表的なのは、コムタンというスープと、肋骨を焼いたカルビさ」

彼は、指さして教えた。

右手の料理場には、大きな竈があって、二抱えもあるような鉄の大鍋から、白い湯気が濛々と立っている。これは豚の足や、牛の臓物を煮立てて作ったスープの鍋なのだった。

左手の牛や豚の頭の脇には、カンカンに熾《おこ》った炭火の山があり、その上に渡された太い金網の上では、香ばしい煙が立ち罩《こ》めている。それは牛の肋骨や、臓物を焼いているのだ……。

「その肋骨とやらを、食ってみよう。それからキムチだ」

俵春之は、煙たいのか、目をしょぼしょぼさせながら、元気よく云った。

「残念ながら、キムチは夏にはないね。せいぜい、酸っぱくなった大根の漬物ぐらいだ」

彼は説明して、店の女主人に、薬酒とカルビを注文した。

客の注文がでると、竈の前に坐った二人の男は、同時に立ち上って、壺の蓋をとり、鉄の杓子で酒を鍋に移した。皿のように浅い鍋である。

左手は器械的に動いて、乾いた松葉をひとつかみ、竈の下にほうりこんでいる。火種があるのか、すぐ朱い焔が立ち、燃え上った。男たちは、鉄の杓子で浅い鍋を、カラン、コロンと音を立てさせはじめる。とろ火で暖めながら、ゆっくり掻き廻して燗をつけるためだった。

その悠長な、薬酒の燗のつけ方は、さすがに大陸を感じさせる。それはふと、支那大陸で戦争が起っていることを、野口に忘れさせてくれた。だが、根がせっかちな俵の方は、その長閑《のどか》な情景が、かえって苛立たしいらしく、

「おい。酒はまだなのか」

と、何度も催促したものである。

酒と肴がくると、俵の機嫌はすぐに癒《なお》った。

肉のついた肋骨を両手に持ち、俵春之は猿のように下歯を剝きだしにして、それと格闘しはじめたのだ。そうして「辛い」とか「旨い」とか、盛んに感想を述べ立てた。

一旅行者にすぎない友人には、見るもの、味わうもの、すべてが珍しく、楽しいのであろうけれど、野口にとっては、彼ら二人が、日本語でしゃべりだした途端に、七、八人いた先客が、不意に黙りこみ無口になったことの方が、いささか気がかりだった。気がかりと云うより、不気味でもあった。

三杯目には濁酒《マッカリ》を飲むことにして、肴には白い臓物を焼いて貰った。その頃には、先客の姿はほとんど消え、白麻の背広を着た一人の紳士だけが、ビールを傾けていた。

「おや。みんな居なくなったな?」

俵春之は不審そうに云った。

そのとき、野口は、友人が軍人のように頭を丸刈りにしていることに気づいた。毛が薄く、若禿の傾向のある俵は、美校時代にも一分刈りで押し通していたのである。

「軍人みたいな頭をした貴様が、日本語で大声でわめき散らすから、みんな恐れをなして逃げだしたんだよ……」

苦笑しながら野口は云った。

「この俺が、軍人に？」

「そうさ。私服の憲兵だとでも、思ったんだろうね」

「そいつは悪いことしたなあ」

酒が入って、浮き浮きしている俵は、いきなり濁酒の入った丼《サバル》をつかむと、一人でビールを傾けている背広の紳士のテーブルに歩いて行った。そして、

「あんたは、僕を軍人と思うか？」

などと質問している。

野口良吉は、あわてて、友人の傍に行った。

「おい。静かに一人で飲んでるのに、邪魔しちゃいかん！」

すると、笑顔になったその背広の紳士は、流暢な日本語で、

「このお店は、はじめてですか？」

と、野口に話しかけて来たものである。

二十数年も、京城の街で暮していると、一見しただけで、朝鮮人と日本人との区別がつくようになる。また言葉を聞いたら、百発百中だった。なぜなら、朝鮮人には、濁音、半濁音の発音が、上手にできないからである。

〈おや?〉

野口良吉は、その紳士をみた。

酒幕で、背広をきてネクタイをしめた男の姿を見ることは、決して珍しくはない。その人々は、きまって良家の子弟で、朝鮮のインテリであった。

だから彼は、その白麻の紳士も、そうした種類の人間と思っていたのだ。でも、その流暢な日本語を耳にすると、〈もしや日本人では……〉という疑問が、胸を横切って行ったのである。

「この男は始めてです。私は四度目ですが」

彼が答えると、相手はうなずいた。

頬骨が出て、顎のえらが四角く張り出ている。そして髭は、俵春之のように薄かった。

朝鮮人の顔である。

「あなた方が、軍人や警官でないことは、私には一目でわかりますよ。まあ、一杯ご馳走しましょう……」

その四十年配の朝鮮の紳士は、古市町にあるセブランス医科大学で教鞭をとっており、朴奎学という者だと名乗った。出された名刺には、すでに創氏改名したとみえて、小さく「木下奎五」という日本名が印刷されていた。

「朝鮮ではですね、薬酒を飲むとき、盃に残った滓《かす》は地面に捨てて、バッカスに捧げる風習があります。また濁酒の丼《サバル》は、両手で捧げ持って飲みます。これをタイホーで飲む、と云います。これが酒を飲むときの、礼儀なんですね……」

朴奎学の話は、さすがに朝鮮のインテリだけあって、ことごとく耳新しく、そして野口には面白かった。

「昔から京城では、南酒北餅という諺があります。昔は、南山の麓あたりに、良い造り酒屋があったということでしょうね。そして北には良い餅屋があった……」

「へーえ。僕の家は、南山の麓ですよ」

セブランス医大の朴助教授は、彼の家である「千代田楼」の名前を知っていた。母方の祖父となる野口久兵衛が、その千代田楼を経営したのが明治二十七年だから、歴史の古い旅館だった所為でもあるのだろう。こんなことから話が弾んで、その夜、朴奎学は野口と俵の二人を、仁寺洞にある「紅夢館」にと誘ってくれたのである。

2

朴奎学が野口に興味を持ってくれたのは、たしか彼が、絵の材料としての朝鮮が、だんだんと喪われて行く……という趣旨のことを語ったからに他あるまい。

「あなた方は、絵描きさんなんですね?」

「そうです。僕は、この鍾路の街が好きなんですがね、たとえば軒先に雲雀《ひばり》の鳥籠を吊していた理髪店は一軒もなくなったし……なんだか悲しいですよ」

「よく知ってますね」

「ええ。中学の帰りに、毎日のように通って遊んでましたから……」

「絵の材料ですか――」

朴奎学はしばらく考えこみ、やがて瞳を輝かせて不意に二人に云った。

「あなた方は、踊りに興味ありませんか」

「踊り?　どんな踊りです?」

「古い宮廷舞踊ですがね」

「ははあ――」

「李朝のころ、宮廷に仕えていた妓生が、踊っていたものなんです。いまは殆んど衰えてしまいましたけど、その正しい踊りを、伝承したと云いますですか、兎に角踊れる妓生が一人いるんですよ」

「ああ、崔承喜のような……」

野口良吉は合点をした。

「そうです。崔承喜のは、バレー化したわけですが、その基本となる宮廷舞踊ですね。この踊りには、朝鮮の美があります」

「面白そうですね」

彼がうなずくと、俵春之も、

「妓生でも、ただの妓生でない所が、面白いじゃないか！」

と、変な賛成の仕方をしてくれた。

「紅夢館」は中庭のある、純粋な朝鮮家屋であった。門を入ると中庭があり、それを囲んでコの字型に幾つかの部屋が並んでいる。各部屋への往来は、上に反った軒廂の下を、廊下がわりに使用している様子であった。

中庭には植木もない。殺伐とした庭である。朝鮮では、これが常識であった。朴奎学の話だと、京城にこうした料亭が生まれたのは、明治の年代に入ってからで、それ以前は妓生がそれぞれ一軒の家を持っており、客はその妓生の家に出掛けて行く習慣だったという。京城における料理屋の嚆矢《こうし》は、すぐ近くの「明月館」がそれだということであった。

通されたのは、門を入って右手の一室である。

朝鮮の家屋は、冬季の寒さに耐えるような構造に建てられている。木造の平屋づくりで、外壁は土と石を混ぜて分厚く塗り、内壁はその土壁の上に紙を二重に貼っただけのものが多い。戸は、大人が身を跼《かが》めて出入りできる程度の大きさで、窓は殆んどない。そして床は温突《オンドル》であった。冬季保温の点からは申し分ないが、採光がわるく、床の間も押入もないので日本人が生活するには不向きである。でも構造から考えて、夏は暑苦しそうなのに、意外と涼しいのは、床の温突が冷やりとしている所為である。

六畳ぐらいの温突の部屋が二つあり、奥の方には朝鮮茣蓙《ござ》が敷きつめられてあった。

朴奎学が女中に、なにかを朝鮮語で告げると、まもなく扇風機とビールが、その部屋に持ち込まれてきた。そうして小さな箱膳の上に、料理が幾皿か並べられて、つぎつぎと運ばれてくるのだ。

料理はすべて、精進料理のように、淡泊な味のものばかりだった。油で揚げた昆布。ぜんまいとモヤシの煮付。小さく裂いた桔梗の根の酢の物。豆腐に銀杏、野菜を加えて煮た汁物。乾し明太魚《メンタイ》を叩いて身をほぐし、焼いてゴマ醬油に漬けたもの。それらは一つ一つ、朝鮮の風味を持っていた。ビールと料理とは、間断なく運ばれてくるが、肝腎の妓生の方は、いっこうに姿を見せなかった。

「彼女……遅いですね」

野口がたまりかねてそう云うと、朴奎学はニヤリとして、

「大丈夫。いま二、三軒先の料理屋に来てます。順番があるですから――」

と、答えた。

野口良吉は、軍人上りの父親を持ったお蔭で、京城では一度も、こうした紅燈の巷《ちまた》に、足を踏み入れたことがない。

酒と煙草の味を知ったのも、上野の美校に入ってからだった。中学時代の友人は、弥生町や新町の遊廓に通ったり、初音町の坂の途中にある蝎蛹《カルボー》の巣窟に出入りしていたが、野口には出来なかった。女学校の教師となった上に、家が旅館だから、料理屋で酒を飲んで

も、すぐ父親の耳に這入るからである。

品行方正を余儀なくさせられていた彼にも、朴奎学が案内してくれた紅夢館が、意外と高級な料亭であり、その舞姫を招ぶことは、売れッ子の芸者を呼ぶ以上に、困難らしいことは呑みこめた——。

二時間ほど待つと、降りだした雨にまじって、コの字型に建てられた向かい側の部屋から、淋しい洞簫《どうしょう》の音が聞えはじめた。

「あ、来ましたですね」

朴奎学は、その音《ね》を聞くと入口の障子戸を押しあけて外を覗いた。

すると向かい側の部屋に電気が点き、黒い影がゆらいでいる様子であった。

「雨に降られたので、着替えたり、楽器を調節したりしているんでしょう」

朴奎学は、なにもかも凡てを心得ている風で、ときには心憎かった。彼の言葉通り、間もなく楽器を持った一団が、三人の部屋を訪れた。

みんな六十歳を越えた老人たちで、黒い漆を塗った笠《カツ》をかぶり、白い赤衫《チョクサム》の上に黒い支那絹の周衣《ツルマキ》を着用していた。周衣とは日本でいう羽織である。

朝鮮服は、上衣と下衣から成り立つ。男はその上に周衣を羽織り、女子は下衣の上に裳《チマ》をつける。

ともに袷、綿入、単衣の別がある。赤衫《チョグサム》とは単《ひとえ》の夏の上衣で、襦衣《チョゴリ》というのは、冬の上衣。袴《パチ》というのは冬の下衣である。礼装である。単の下衣を袴衣と云った。男子の服装で、笠と周衣を着けるのは、礼装である。

老人たちは、伽倻琴《かやきん》だの、洞簫だの、長鼓、笙《しょう》、鉦鼓といった、物珍しいはじめて見るような楽器を、それぞれ手にしていた。そして楽器を隅に並べると、立膝をして、なにかを待つ顔つきだった。

〈この調子だと、舞姫というのは、五十過ぎの婆さんだろうな!〉

ビールを飲みながら、野口良吉は、そんなことを空想したのを覚えている。だが、彼の予想は違っていた。

障子の潜り戸をくぐって、姿をみせたのは二十代の若い妓生だったのである。

金属の装飾のついた冠をかぶり、玉色の広い丸袖の衣裳をつけ、胸高に幅のせまい金襴の帯をしめ、脇に垂らしている。足には、白い爪先だけが嘴のように上へ反った襪《ポソン》(足袋)を履いていた。

「この人ですよ、宮廷舞踊を踊れるのは――」

朴奎学は顔なじみらしく、朝鮮語で、その舞姿の妓生と会話をかわしたあと、彼らに教えてくれた。

彼女の名前が、金英順だと知ったのも、その紹介されたときである。

「最初に踊って貰うのは、勧酒歌と云いましてね、朝鮮の酒宴では最初に、どうしても唄わなければならない大切な歌です。それを踊ります」

野口たちは、朴奎学という粋な通人に連れられて、この紅夢館に来たことを感謝した。朗々と歌いつつ舞う金英順が、いったい何を讃えているのか、皆目わからないのを、朴助教授がいちいち通訳してくれたからである。

……それは酒の功徳をたたえ、お互いの長寿富貴を祈願する歌であった。

直訳すると、

『不老草をもって酒を醸し、万年盃に満々と酌めり。盃を挙ぐるごとに、南山の寿を祈らん。この盃を把《と》らば、万寿限りなかるべし。把り給え、把り給え。この酒の盃を把り給え。こは酒に非ずして、漢の武帝の承露台より受けし露なるぞ……云々』

という漢文まじりの、ややこしい歌詞なのであった。そしてその勧酒歌の文句は、えんえんと続くのである。

雨の音は高まっていた。

そして温突の次の間では、四人の老楽人が無表情に、雅楽の調べを奏でている。二拍手と三拍手の、こまかい交代によって、複雑なリズムが作り出され、より優雅に、より心を緊めつけるような侘しい音楽が、金英順の歌舞と共に、部屋のなかに立ち罩《こ》めだす。

〈ふーむ〉

野口良吉は、低く唸った。

生まれてはじめて聴く、李朝の宮廷雅楽である。それは日本の雅楽と似通っていたが、どこか哀切な響きが強い。

でも彼が感動したのは、その雅楽のみやびやかな調べでは決してなかった。舞っている金英順である。

――野口は、飲みさしのビールのコップを握り緊めたまま、ただ彼女の舞いぶりに見惚れている自分に気づいた。そして、ちょっと赤くなって、コップを膳の上に置いた。「勧酒歌」のつぎに、彼女が舞ってみせたのは、「春鶯囀」という歌曲である。野口は、この「春鶯囀」には、すっかり心を惹かれた。画家としての本能が、不意に刺激されて、一挙手一投足が瞼の裏に、ぴたッ、ぴたッと飛びこんでくる感じだった。

兎に角動きが美しい。

水色の羅衣《うすぎぬ》のような袂が翻ったかとみるまに、空間には、嫋々《じょうじょう》として美しい線が流れてゆく。

それは梅の梢から梢を飛び交う、鶯の姿を模しているのであろうが、足捌きは少いのに部屋いっぱいを舞っているような、そんな天衣無縫さが感じられるのも面白い。

野口は、日本の能の仕舞を連想した。動きが少い癖に、大きな動作を感じさせる能楽を――。

春の日射しを浴び、嘻々として戯れる鶯たち。そして春を謳歌するごとく、囀りつづける鶯の姿。

金英順の踊りには、そうした情緒が、鮮やかに、しかも美しく表現されていた。

見詰めている野口良吉の胸には、じぃーんとこみあげてくる、強いものがあった。胸の底から、彼の感情を揺さぶりはじめた、なにものかがあった。

感動というよりは、文句なしにただ「これだ！」と叫びだしたいような性質のものである。換言すれば、絵にしたいという欲望かも知れなかった。

未知の世界、未知の画材に触れたときの、つよい感興。それが渦まきつつ、彼を捉えはじめていた……。

金英順は、そのあと「舞山香」という踊りを舞って、さっさと引き揚げて行った。時間にして四十分たらずである。

「どうでしたか？」

朴奎学は、微笑を浮かべたまま、二人に訊ねた。

「なかなか、美人ですな！」

俵春之は、率直に、舞姫に対する感想をのべた。野口は、すぐに口を利くのが、億劫な気持で、黙っていた。

しかし俵の言葉で、いま部屋から消えて行った金英順の、白い表情が瞼の裏に浮き上ってきた。

〈眉の濃い、勝気そうな妓生だったな！〉

彼はそう思い、次には、

〈なぜ、あの妓生には、不思議な翳があるのだろうか？〉

と考えた。どちらかというと、険のある顔立ちだった。鼻がつんと高く、眉の濃い所為かも知れない。しかし漆黒の髪の後《おく》れ毛や、白く透けて見えるような薄い耳朶には、なぜだか暗い翳のようなもの——薄倖の女性のそれが、漂っている。

「野口さんは、どうですか——」

セブランス医大の鮮人助教授は云った。

「はじめて、埋もれていた朝鮮を、見たような気がします。侘しいけど、人の心に訴える美しさですね」

彼は、そんな曖昧な返事をしたことを憶えている。野口のその感想は、滅びてしまった李朝の宮廷舞踊を讃えるようでもあり、金英順という奇妙な魅力をもった舞姫の美しさを讃えているようにも受けとれた。

——これが金英順を知った最初である。

朴奎学は、その夜は自分の奢《おご》りだと云い、二人のためにわざわざ車まで呼んでくれて、

「日本の若い人にも、朝鮮の美を理解してくれる方がある。そのお礼ですよ」

と云った。

二人は雨に濡れて走るタクシーの中で、蚊に喰われた頸筋や、手足をポリポリと掻き、少し興奮しながら金英順のことを語りあった。朴奎学の奇特な行為についても、語りあった。

翌日、目を覚ますと、俵春之の方は、昨夜のことなどは忘れて、けろりとしていたが、野口良吉の頭には、金英順が舞った「春鶯囀」の美しい体の線が、まだ息づいていた。

そして俵が京城を去って行っても、その印象は消えなかった。いや、消えるどころか、ますます印象は強められて行った。

〈あの朝鮮舞踊の美しさを、日本人は知らない。俺は、あの美しさを、キャンバスに描かねばならぬ……〉

いつしか時間が経つにつれて、彼の脳裏には、一つのエスキースが出来上って行った。

——薄暗い、紅夢館の一室。

その部屋の片隅で奏でられる、低く匐《は》うような、優雅な宮廷楽。

そのリズムに乗って、無心に舞い続ける英順の、白い能面のような顔と、手から肩にかけての美しい曲線。

天井からは、瓔珞《ようらく》のようなランプが吊り下っている。高窓から射し込む月光は、老いた楽人の、立膝して長鼓をうつ横顔を、青白く照らしている……。

大体そのような構図だった。

だが、果して彼は、宮廷舞楽の調べの音や、嫋々たる舞踊の曲線に、心を惹かれていたのだったろうか。

野口は、金英順という妓生に、その彼女自身のもつ冷たい翳の部分に、心を魅かれたのではなかったのか。

それは自分でも、よく判らなかった。

ただ野口良吉が、俵を満州に送ってから二週間後に、ふたたび紅夢館の門を潜ったことは、書いておかねばなるまい。もちろん彼一人だった。

女中に頼むと、やはり三時間ぐらい待たされてから、金英順は姿を現わした。そして三曲舞ってみせてから、にこりともせずに姿を消して行った。

絵のモデルになってくれと、頭を下げて頼む積りでいた野口は、老いた楽士たちに護られて退場してゆく彼女に、話しかける言葉を持てなかった。

三度目に英順に会ったとき、彼は、

「踊りはよいから、酒の相手をしてくれないか」

と英順に云ってみた。彼女は、片頬だけで笑って、

「ほかの妓生を呼びなさい」

と、日本語で答えた。

「でも、きみだって、妓生だろ?」

彼は不思議に思って訊いた。

「そう。私も妓生。でも、私は踊りだけ。ほかは、しないよ」

英順は、眉をぴくりと動かして、怒ったように答えた。

彼女は、絵のモデルになって呉れという彼の申し出を、即座に断った。そしてその夜は踊りもせずに、憤慨した表情で、あらあらしく立ち去ったのである。その英順の口調や態度には、日本人の画家の誘惑などには、負けるものか……というような反撥ぶりが、ありありと浮かんでいた。

3

野口良吉は、意地になった。数えで二十四歳だったから、血気さかんな年齢でもあった。それに自分を誤解している朝鮮の舞姫が、なんとなく腹立たしかった。

意地でも、彼女をモデルにしてみせる、と彼は心の中で力みかえった。彼女の舞の美しさを、表現できるのは自分ひとりだと、ひそかに歯痒がったりもした。

二ヵ月ぐらいの間に、十度あまりも紅夢館に通い続けたろうか。野口はやがて、小遣い銭に窮しはじめた。

女学校から貰っている八十円の給料では、三曲二十五円の金英順の舞踊は、たった三回しか呼べない。給料は一銭も家に入れないでもよかった。その意味では、親がかりの野口は、恵まれた環境にあったとも云える。しかし、四人の楽士と一人の舞姫とで構成された、一時間たらずの舞の料金が、二十五円とは高すぎた――。

母親は一人息子の彼には甘かった。だからねだれば、十円や二十円の小遣い銭は呉れる。それ以上になると、厳しい父親の目が光っていた。そうでなくとも、急に、

「良吉。少し夜遊びがすぎはせんか」

と、叱言《こごと》を云いはじめた父親である。

彼は、この金策の方法に当惑し、しかし未練を絶ち切れないで、ある日セブランス医科大学に電話してみた。

朴奎学の援助を求めようと思ったのである。

「ほう。そんなに惚れこんだですか！」

助教授は、嬉しそうに笑い、近い中に英順に会って、モデルになるように奨めてみようと、約束してくれた。

「でも、京城で一番の変り者という金英順ですからね。私が云っても、ダメかも知れませんよ」

「モデル代は、払う積りです。一時間二十五円は、とても出せませんが――」

「そうですか。兎に角話してみましょう」

朴奎学は、彼との約束を忘れずに、日曜の夜だったか、むこうから電話してくれた。

「いま、仁寺洞の紅夢館にいるんですがね。彼女はどうしても、嫌だそうですよ」

野口は受話器に獅嚙《しが》みついた。

「待って下さい。僕も、今すぐ行きます」

タクシーを飛ばして鍾路まで行き、紅夢館へ駈けこむと、朴奎学と金英順とは、二人きりで部屋で酒を飲んでいる所であった。老楽士たちも、隣の部屋で、今夜は客になって騒いでいる気配である。

野口は、自分のさした盃を一度も受けようとしなかった彼女が、朴助教授と親しそうに酒を酌みかわしているのを見て、嫉ましい気持がした。その嫉ましさの反面に、〈日本人である俺を莫迦にしている!〉という気持が動いていたのも事実だ。

野口が部屋に這入ると、英順は片膝を立てたまま、怒ったように横を向いた。

「いろいろ貴方のことを説明したんですが、モデルになるのはご免だというんですよ。しかし彼女が踊ってるとき、クロッキーをとる位なら構わないそうです……」

朴奎学は、おだやかな声で話した。それが彼女の精一杯の譲歩であり、協力だというのである。

「なにしろ、知事閣下が写真を撮ろうとしたら、舞扇を投げつけたような変り者ですからね。まあ、それ位で勘弁してやって下さい」

とりなすような朴助教授の、上手な日本語を聞きながら、野口は横を向いている英順の、彫りの深い鼻の形を、小憎らしく感じた。この国の民族には、あまり高い鼻の女性を見かけない。それだけに横顔は、冷ややかに彼の眼に映じた――。

「では、スケッチする分には、構わないというわけですね」

「そうです。同じ姿勢で、長いあいだ辛抱するのは、重労働ですから……」

「わかりました。どうも、お口添え下さって有難うございます」

野口良吉は、医大の助教授に、お礼を云った。結果は不満足だったけれども、その場合、お礼を云わざるを得なかったのである。

いつしか京城の街にも、秋が忍び寄って来ていた。秋になると、朝晩めっきり冷えこみはじめ、やがて三寒四温の大陸性の気候をもった冬が訪れてくる。

紅夢館をでたあと、朴奎学は、気落ちしたような彼を、いつかの酒幕に誘ってくれた。そして薬酒を傾けながら、金英順のことについて、あれこれと語ってくれた。その話によると、金英順は、

「絶対に男と寝ない」

と高言している、妓生の中での変り種であった。年齢は野口より三つ年長で、二十七歳になった筈だという。

なぜ彼女が妓生となり、どこで宮廷舞踊を習い覚えたかは誰も知らない。

宗廟のある苑南洞で、母親といっしょに暮していることだけは分っている。まだ独身で、老いた楽士たちも、彼女の家の近くに住んでいた。彼女が評判をとっているのは、美人であることよりも、伝統が頽《すた》れつつある李朝の舞楽を正確に伝承している点なのだ。特に朝鮮の両班《ヤンバン》たち――つまり富豪たちに、珍重されていた。

また英順が、権力に媚びず、ただ技芸一筋に生きようと努めている態度に、一部の日本人たちも後援を惜しまないでいる、ということだった――。

だが野口の耳には、彼女が男と寝ないというのは、日本人の男には肌を許さないという

意味であり、権力に媚びないというのも、日本の高級官吏や軍人たちを、冷たくあしらうという意味に聞えて仕方がなかった。

朴奎学の言葉使いには、どことなく、そんなニュアンスが感じられたからである。

「ときに、彼女の絵を描いて、どうするお積りですか？」

助教授は、薬酒の残り滓《かす》を、土間にあけながら訊いた。

「鮮展に出品する積りでいます」

「ああ。日展に対抗して、出来た展覧会ですね」

「締切日は来年の一月末ですから、もし出品するのなら、あまり余裕がありません」

「そうですね。入選発表は二月末ですか」

「ええ。入選したら、見に来て下さい」

二人は、こんな他愛のない会話をかわして夜十時すぎに別れた。

——だが、昭和十六年一月締切りの鮮展には、その舞い姿の絵は、出品できなかった。

英順が病気になったからである。頭の中に、構図が出来上っていても、一度もクロッキーをとらずに、背景となる四人の老楽士たちを、キャンバスに写しだす自信は、野口にはなかった。

仕方なく彼は、江原道にある外金剛に出かけて、名もない淋しい山寺でスケッチした風景画を出品した。

外金剛は、女性的な内金剛とは異なり、豪壮かつ雄大な、山岳美と渓谷美とを誇っている景勝の地だ。そして野口が訪れた十月下旬には、すでに紅葉は散りはじめ、渓谷のところどころは氷柱で飾られていた。

ただこの時の想い出は、二日ばかり滞在した山寺で、「梨薑酒《りきょうしゅ》」という奇妙な味と匂いをもった朝鮮の酒を、ご馳走になったことであろうか。なんでも原料は、鎮南附近から産出される、極上の焼酎なのだそうである。

この焼酎一斗に、梨五箇、生薑五十匁、桂皮五匁、鬱金五匁、砂糖四斤を混入して、素焼の甕《かめ》に詰め、十日ぐらい密閉する。その後、清潔な麻の袋で静かに濾すと、淡褐色の、飴湯のような色をした混合酒ができあがる。

この梨薑酒は、口に含むと一瞬、清冽な香気が、ツーンと鼻を撲《う》つのだった。その香りには、馥郁として咲き誇る沈丁花のような強さと、北風が渓谷を通り抜けるときのような冷徹さがある。

それでいて味は、とろんと甘い。舌の表面に、なめらかに纏わりついてくる、いわば白酒のような、丸味のある甘さなのだ。白酒のような甘さと、ブランデーのような強い香気をもった奇妙な酒——。それが梨蕫酒だった。

睾丸を抜いた、一見すると尼僧のような山寺の僧侶が、彼に奨めてくれたのだが、野口は日本酒でも飲むように一気に飲み乾そうとして、思わず香気に噎《む》せ返った。

〈香りは、ブルー系統のウルトラマリンだな。そして味は、アリザリン・レーキのような、強烈な赤だ……〉

味と匂いを、ふと色彩に置き替えながら、野口はなぜか金英順の表情を、心の片隅に甦らせていた。

むろん梨蕫酒と彼女とは、なんの関連もない。しかし、奇妙な酒である点では、共通性があった。どちらも共に、野口を苛立たせる存在であるかのごとくである。

〈でも、きっと俺は描いてみせる！〉

野口は僧房の縁に胡坐をかき、外金剛の変化に富んだ、斑状複雲母花崗岩の絶壁を、せっせと闘志を燃やしつつ、スケッチを続けたことであった……。

この『外金剛の晩秋』と題する二十号の油絵は、幸い初入選して、彼の父親を喜ばせた。

「まあ、軍隊でいうと、少尉任官という所じゃろう。兎に角、よかった！」

父親はようやく一人息子に、画才があるのを認めたような口吻だった。だが野口には、初入選の喜びよりも、雪解けと一緒に、金英順が、紅夢館に元気な姿を見せだしたことの方が、嬉しかった。

彼は、小遣いの許す範囲で、仁寺洞の料亭に通った。そして精進料理のような肴をつつきながら、舞姫の順番が訪れるのを待ち、長鼓の音と共にスケッチ・ブックを構えた。相変らず英順は無口で、態度はよそよそしかった。彼にはその彼女のよそよそしさは、自分が日本人である所為に思えて、あるときには息苦しく、あるときには腹立たしく、そして恨めしかった。

六月からは、それらのクロッキーを基礎にして、習作にとりかかった。絵が行き詰ると、ふたたび紅夢館の朱塗りの門を潜る。またアトリエに籠って絵具をとく。

こんな生活の繰り返しで、勤め先の私立女学校が夏休みに入る寸前には、まあまあの出来栄えかと思われるエチュードが、曲りなりにも完成していた。だが野口は、英順の踊りの美しい線を、ただ摑まえ、表現しようと躍起になっていた——。

七月はじめのある日曜日、彼はその習作の絵を大事に抱えて、午前十時ごろ自分の家を出た。苑南洞に住んでいる英順の家を、捜して訪ねて行くためであった。

巨大な鍋の底のような京城の街には、もう強烈な真夏の太陽が、頭上に君臨していた。南山町、倭城台《わじょうだい》の二つの町は、南山麓に発達した街である。倭城台には、朝鮮総督の官邸もあり、いつしか海軍武官府も生まれていた。

松の木の多い南山町の坂道を、だらだらと下っているときは、まだ幾分は涼しい。しかし目抜き通りである本町通りを横切って、明治町を行くころには、日曜日で人出が多い所為もあって、野口のワイシャツの背中の部分は、じっとりと汗ばんでいた。

本町の入口には、朝鮮銀行、三越、中央郵便局、殖産銀行など、石造りあるいは赤煉瓦造りの大きな建物が、広場をとり囲むようにして聳え立っている。野口は汗を拭いながら、東大門行きの府電に乗り、黄金町四丁目で乗り換えた。

ここから北に、鍾路通りを横切って、動物園、植物園のある昌慶苑前まで、府電が開通していた。苑南洞というのは、昌慶苑の南に位置していた。

電車通りの交番で、「宮廷舞踊をやる妓生」と云っても判らなかったが、「四人の老人楽士と組んで仕事をしている妓生」と説明すると、英順の家はすぐわかった。

苑南町という名前の停留所から、少し南に歩いて、左の道を曲って十分ぐらい歩く。するともう、そのあたりは、一種独特の匂いのある朝鮮人の小さな、土と石とで固められた家屋が密集している地帯である。

共同の井戸がところどころにあり、そこでは白衣を着た主婦《オムニィ》たちが、洗濯物を使いなれた砧《きぬた》で叩き、わあわあと大声で語りあっていた。これを水砧を打つと云うのだそうだが、白衣を常用する朝鮮の主婦の仕事は、先ず洗濯だと云っても過言ではない。

川とか井戸端はもちろん、小さな水溜りのような汚い池のそばでも、石の上に白衣をおいて、ぼてぼてと水砧を打つのである。そして洗った着物は、青い草の上にひろげ、天日で乾かすのが最上とされているらしかった。

野口は、巡査に教えられた通りに、歩いて来た積りだった。だが目印の棗《なつめ》の樹は見当らなかった。自然発生的に、いつのまにか出来上った村落が、そのまま町になったようなものだから、小さな迷路のような道が入り組んでいるのである。

彼は日本語のわかる小学生をつかまえ、金英順の家をきいた。胃拡張なのか腹だけがぽってり突き出た子供だった。

漢字で名前を書いても、相手は首を傾げている。野口は思いついて、脇にかかえた習作の絵の蔽いをとって、彼女の舞姿を子供にみせた。

「ああ。その人なら、わかるソ！」

子供は俄に彼を尊敬するような目の色になって、先に立って案内してくれた。

一夜に、幾組もの希望客があり、相当の収入が予想されたので、野口は両班《ヤンバン》の住むような、瓦のついた土塀をめぐらした英順の家を、想定していたのだ。しかし、実際に彼女が住んでいたのは、中流以下の小ぢんまりした藁ぶきの朝鮮家屋だったのである。野口は壊れかかったような門の戸をあけて、中へ這入って行った。

小さな庭があり、なるほど棗の樹が、藁屋根に隠れるように葉をひろげている。一人の老婆が、釣瓶井戸で水を汲んでいた。彼が話しかけると、老婆は怯えたような表情になり、慌てて家の中に駈け込んで行くではないか。とりつく島もないとは全くこのことである。

絵を抱えたまま、当惑したように、狭い庭先に佇んでいると、やがて門の外では、近所の人たちが群がってヒソヒソ話をはじめる気配が感じられる。野口は、家を間違えたのかと思ったが、暗い炊事場をかねた土間の入口には、金英順という標札がかかっていたので安心した。

「ご免下さい！」

「ご免下さい……」

彼は、なんどか声を張り上げた。

四度ぐらい声をかけたとき、英順が迷惑そうな、怒りを含んだ強《こわ》ばった顔つきで外へ出てきたのであった。

「やあ……どうも突然……」

野口良吉は、照れたように額の汗を拭った。小一時間ちかく探し廻ったので、シャツは汗で濡れている。

昼間みる彼女の顔は、ふと別人のような気持がした。白粉が刷かれていない上に、眩しい日光の下だからであろう。

少くとも夜見るときの、あの冷たさはない。また、重々しい舞衣裳を着けている時とは違って、ふつうの娘のような、水色の短い赤衫《チョクサム》を着て、桃色の裳《チマ》をつけているので、一段と美しさに輝いて見えた。

「なんの用？」

咎めるように、威丈高になって英順は叫んだ。両手を腰にあてがい、それはちょうど朝鮮の婦人が、口喧嘩するときのポーズである。野口は当惑した。

紅夢館では冷たい仕打ちをとる彼女でも、こうして訪ねて行けば、少しは暖かく人間味をみせてくれるかと、彼は甘く考えていたのだ。しかし、後になってわかったことだが、英順が咎めるような言動をとるのは、当然だったのである。朝鮮では、古来より男女の別が厳しい。夫婦同伴で外出することなど、もっとも無恥な行為として批難される。だから「男女別あり」で、たとえ夫婦であろうとも、下層の者でない限り居間を別々にする。一般に婦人は、男客に接するのを恥辱だと考える風習であった。従って、いかに自分の主人や家族と親しい人が訪ねて来ても、面談をさけ、やむを得ない場合には、よそよそしい態度をとるのである。況《ま》して野口のように、女性ばかりが住んでいる家に、のこのこ出掛けて行くことは、礼儀知らずも甚だしく、相手を侮辱したことになるのであった。

野口は、暗い家の中の土間から、娘を護るように、先刻の老婆が、敵意をこめて彼を睨んでいるのを見、そして壊れかかった小さな門の外で、群衆が集まっているのを知った。

「ちょっと……出来上った絵を見て貰って、批評して貰おうと思ったんだ……」

彼は、十五号ほどの習作の絵を、とりだして英順に示した。

「都合が悪いようなら、置いて行くから……この次、お店で会ったときに……」

口の中で、もぞもぞと彼は喋り、その絵を英順に手渡した。英順は、じいーっと自分の舞姿を見つめていた。彼は片手をあげ、門に固まっている群衆をかきわけるようにして、彼女の家を逃げだしたのである。

いつも、朝鮮人部落でスケッチしている時に感じられる心細さ——それは不意に自分だけが取り残された異質な人間のような、つまり異邦人であるという心細さであったが——彼は英順の家でも、それを鋭敏に感じとったのだ……。

〈あの絵を、彼女は破り捨てないだろうか？〉

苑南町の停留所に佇んで、びっしょりかいた汗を拭ったとき、そんな不安が、彼の心の底にひろがってきた。習作の絵だから、焼き払われても未練はないが、この数ヵ月、あの英順の舞姿と取り組んで来ただけに、その労苦の結晶が、むごたらしく扱われることは不愉快だった。

——翌日、彼が家から十米ほど離れた小さなアトリエにいると、女中が電話だと呼びに来た。電話の主は、セブランス医大の朴奎学だった。

「明後日の夜、紅夢館へ来て呉れませんですか。時間は……そう、早い方がいいです」

「なにか、ご用事でも？」

「いいえ。とてもよいことです。では六時ごろに——」

朴奎学は、なにも云わずに電話を切った。

野口には、朴奎学の用件が、金英順に関することだとわかっていた。そのほかに考えられないからである。その日、六時かっきりに野口は、紅夢館の朱い門を潜った。

すっかり顔なじみになった女中が、彼を見ると、なぜだかニヤニヤして、いつもと違う部屋へ案内してくれた。怪訝そうに首をひねって、野口は室の潜り障子戸の前で立ち停った。女中は、〈早く這入れ〉というような素振りを残して、立ち去って行く。まだ夜は、完全に京城の街を占領し切れないでいると見えて、中庭を横切って行く女中の白い朝鮮服が、幽霊のように目に映った。

部屋へ入ると、中で待っていたのは、金英順である。野口は、朴奎学の姿を探したが、まだ来ていない様子だった。

電燈のスイッチをひねってから、野口良吉は英順と向かいあって坐った。英順は、まだ舞衣裳をつけず、頸から上だけ白く化粧をしている。

「この間は、済まなかった……」

彼は、形式的に頭を下げてみせた。英順は小さく微笑した。はじめてみる、変り者の妓生の笑顔だった。

「絵を返します……」

英順は、風呂敷で包んだ絵を、壁際から手にとり、それから、朝鮮の風習では、女だけの家に、独身の男が訪ねてくると、近所から誤解されるのだ……と云った。

「知らなかったんだ……ただ、絵を見て貰うには、昼間の光線の方がいいと思って……」

「絵は見ました」

「……それで、どうだろう。あの絵は、いいですか。だめですか」

英順はしばらく考えこんでいたが、急に、挑むような視線を彼に据えてきた。

「ねえ、野口さん。あんた……朝鮮の踊りを描きたいの」

切りつけるような、彼女の言葉だった。

「それとも、私を絵にしたいの？ いったい、どっち？」

野口は、その鋭い語調に、一瞬ひるむような気持で目を伏せた。そして、どもりながら答えた。

「僕が絵にしたいのは、宮廷舞踊でも、あなた自身でもない。踊りのなかに、あるいは、あなたの中に隠されている……なんというか、朝鮮の美しさなんだ。滅びつつある朝鮮の風俗、それの持つ哀しい美しさを、僕はかいてみたいんだけど……」

——あとになって、英順は、このとき彼が口にした「滅びてゆくものの美しさ」という表現に、心を打たれたのだと語ったが、野口の言葉は、そのまま真実を伝えていたであろうか？　それは疑問である。

朝鮮の美しさとは、野口良吉にとっては、自分より三歳年上の、金英順という女性の美しさではなかったのか。日本人の男とは寝ないことを宣言し、あらゆる権力に反抗している妓生が、金英順なのだ。梨薑酒のように不可思議な匂いと味をもった朝鮮の女……それが金英順ではないのか。野口は、舞の美しい線よりも、朝鮮民族には珍しく彫りの深い顔立ちよりも、彼女のもつ影の部分、なぜ、そんな冷たい態度をとるのかという、暗い過去の部分を、まさぐり取ろうとしていたのではなかったろうか？

逆に云うと、それで京城の花柳界で、名物となったように、英順という妓生の冷たい表情、冷たい目付きに、野口は心を魅かれはじめていたのかも知れないのである。

しかし野口にとって、そんな心理的な考察は必要ではなかった。

「この、貴方の絵の踊りは、死んでいる」

と彼女は批評し、

「その理由は、こんな小さな温突《オンドル》の室だから――」

と笑ったのだ。

つまり英順に云わせると、李朝の宮廷舞踊は、大広間とか、陽のあたる広場で舞われたものなのであった。だから、明るい陽の下で舞わなければ、その美しさは捉えられない。暗い六畳ぐらいの温突の室では、舞の美しさが死んでしまう……と云うのである。

「では、どこで？」

「一番いいのは、景福宮の慶会楼ね」

英順は、断言するように答えた。

景福宮とは、李朝の太祖・李成桂が、京城に都を移してから、白岳の南麓に築いた宮殿である。その後、戦火のため荒廃したのを、慶応三年、摂政大院君によって再建された。当時の宮殿は、敷地十三万坪、城壁だけで三粁に及んでいる。その正門は、光化門と云い、地名として残っていた。そして建物も、勤政殿、思政殿、慶会楼などを残して取り毀《こわ》され、朝鮮総督府の宏壮な白堊の建物が、いまかつての宮殿にかわって聳え立っている。

慶会楼は、その総督府の北背後に、高さ四米半の石柱四十八本をもって、支えられた大楼台であった。東西三十四米、南北二十七米もあり、階上階下は、君臣の宴会場にあてられていたのである。

野口も二度ばかり見学したことがあったが、広い濠の中央に、浮き島のように雄大な甍《いらか》の、楼《たかどの》が天を摩し、四囲を睥睨している有様は、捨て難い李朝の風情があるのだった。

「あそこで、踊ってみたい……。その時なら、モデルになるよ、私！」

金英順は、そう云った。野口は嬉しくなって、立膝した彼女の、流れるような水色の裳《チマ》の裾に、接吻したいような衝動に駈られた。

4

かつての王宮の宴会場である慶会楼で、舞っている彼女をスケッチすることは、並大抵のことではなかった。

なにしろ総督府の敷地の中であり、月曜をのぞく毎日、午前十一時、午後一時半、午後三時と、一日三回の拝観時間が定められてあるのだった。

案内人は一定のコースを、一定の時間をかけて案内する。そして入場人員と、出場人員とが喰い違うと、目の色を変えて騒ぎ立てるのである。

こんな調子だから、長鼓、洞簫、伽倻琴、笙、鉦鼓などを運びこみ、慶会楼の階上で、「春鶯囀」などを奏で、英順が舞うということは、不可能に近かった。

野口は、英順とも相談して、舞台を太平通りにある徳寿宮に移すことにした。

この徳寿宮は、故李太王殿下の譲位後の居宮で、過去九年間、慶運宮と称し、王宮だったこともある。その意味では、宮廷舞楽にふさわしい、ゆかりの土地でもあった。

この徳寿宮だと、李王職の管轄であり、大人・小人共、五銭の拝観料で一般に公開しているから、楽なのである。

……こうして金英順は、夏休みの毎日、午前中一時間ずつ舞衣裳をつけて、徳寿宮の青い芝生の上に立ってくれるようになった。

キャンバスの前に坐っている彼は楽だが、同じ姿勢で両手を伸ばして立っている英順の方は、楽ではない。

午後には、一時間一円のモデル料を貰いたさに、四人の老楽人たちがやってくる。野口は、その四人の楽士を、宮殿の前の芝生に坐らせ、背景の絵の方を仕上げるのだった。ときには英順も午後まで居残っていて、彼のためにポーズをとってくれることもあった。

彼女は、雨の日をのぞいて、きっちり十五日間、野口のためにモデルになってくれた。

ある日、彼女が舞衣裳をつけた頃から雨が落ちはじめ、晴れそうもないので、仕方なく徳寿宮の大赤門の前からタクシーを拾って、彼のアトリエまで帰って来たことがある。

一人息子の彼は、自分の家である千代田楼のすぐ近くに借家を一軒かりて貰い、そこをアトリエにして暮していた。ただ食事と風呂にだけは、旅館であるわが家に通った。英順は、アトリエの内部に興味をひかれたのか、いろいろな質問をした。

「これ、なアに?」

「なにに使う?」

「どんな風に?」

英順の言葉のセンテンスは、いつも短い。それは、日本語をあまりよく知らないからではなくて、日本語を拒否しようとするから、そうなるのであった。(もっとも、これは後で判明したのだが——)

いつになく親しみをこめて、彼女が話しかけてくれるのが愉しく、野口は、絵の道具や使い方について、あれこれ説明してやった。この雨の日の、アトリエの数時間は、いままで二人の間に立ちはだかっていた巨大な土の壁を、一気に削りとる形となった。

英順の瞳の色、言葉つきからは、それまでのよそよそしさが掻き消え、いつか朴奎学と二人で紅夢館にいた時のような、警戒心のない態度にと一変したのである。

野口は、完成したスケッチをもとにして、三十号の油絵にとりかかることにした。夏休みが終り、また二学期の授業がはじまったので、野口がキャンバスに向かえるのは、日曜日と祭日だけであった。

野口は絵筆をとりながら、いつしか自分の心の底深くに、あの朝鮮の妓生の面影が、強く灼き付いているのを知った。女学校の教壇に立っていても、クラスに何名かは混っている鮮人女学生の顔をみると、ふッと金英順の透けて見えそうな白い耳朶や、理知的な鼻や、濃い後れ毛などが、断片的に浮き上ってくるのである。

〈あの朝鮮の妓生に、恋しているのか？〉

〈三つも年上の、あの舞姫に？〉

彼は、自問自答する。そして、そんな自分を、笑おうとする。しかし、心に巣喰った英順の影像は、いっかな追いだせなかった。追いだせないばかりか、それは毎日毎日、彼の胸の底で呼吸をし、膨れ上って、体積をましはじめるのだ……。

どうにもたまらなくなって、紅夢館へ出かけたこともある。しかし、徳寿宮でポーズをとり、彼のアトリエへ来たときの彼女と違って、舞っている時は、以前よりも冷ややかな感じさえする英順なのだった。野口は失望もし、また彼女の笑顔を見ようと躍起になるのだった。

九月末の日曜日である。

とつぜん、セブランス医大の朴奎学が、旅館の女中に連れられて、彼のアトリエにきたことがあった。彼が、千代田楼で暮していると思い、そちらの方に間違えて訪ねて行ったものらしかった。

「昨夜、久しぶりに紅夢館へ行って、いろいろ彼女から話を聞きましたですよ。とうとうモデルになって呉れたそうですなア……」

朴奎学は、アトリエに入るなり、描きかけの三十号のキャンバスの前に立って、目を細めたり開けたりした。

「五分通り完成という所です」

野口は、含羞《はにか》みながら云った。朴助教授は腕時計をみて、

「まだ、彼女は？」

と訊いた。

「え、彼女？」

野口が云うと、相手は微笑して、

「二人で、野口先生を激励がてら、絵を拝見して来ようということになりましてですね。落ちあうことになっとるんですよ」

「へーえ。それは、それは」

彼は朴奎学の、そんな心遣いが非常に有難く思えた。鍾路二丁目の酒幕で会い、紅夢館に一夜、招待してくれただけの因縁が、金英順を中にこれほど発展し、これほど親密になったのだ。人間の交際とは、わからないものである。野口は、家まで駈けて行き、母にアトリエまで来て欲しいと告げた。家を出ると、紫の薄い裳《チマ》をひるがえしながら、果物カゴを持った英順が、パラソルを翳しつつ、南山町の坂道をのぼってくる姿が見えた。

「やあ。朴先生は、もう来られてますよ」

彼はニコニコして話しかけた。

「ああ、苦しい。この前は車だったから、すぐ近くだと思ったけど……」

英順は、白い額にいっぱい汗をかいている。赤蜻蛉の飛び交う季節にはなっても、京城の街は、まだ残暑がきびしい。夏から一足とびに冬になる感じなのである。

「それ……持ちましょう」

野口は、英順の手にしていた果物カゴを受けとり、近所の目を気にしながら、大股に道を登って行った。すぐ近くの、坂道に面した家に、教え子がいたからである。

坂道を右手に折れ、一番奥が、彼の借りている家だった。八畳の洋間と、六畳の和室、それに玄関と台所という小さな家である。洋間の方が、アトリエに使われていた。

「そこで、彼女に会いました」

野口は朴奎学に報告して、和室の方に座蒲団を用意した。

「野口さん。この老人たちの顔は、ちょっと淋しそうですね。なにか、意味があるんですか?」

朴助教授は、キャンバスの前に英順をのこして、六畳の方へあがってくる。

「意味はありません。ただ四人の楽士さんとも、なにか演奏してるとき、昔を懐しむような表情をするもんですからね。それで、淋しいような、懐しいような表情に描いてみたんですよ……」

英順は、野口の母が挨拶にくると、畏《かしこ》まって日本風に坐った。野口は二人を母に紹介した。

「ああ、この方……。モデルになって頂いたのは」

母はすぐに納得したらしかった。ときどきアトリエの掃除に来て、彼女の顔のスケッチでも見ているからであろう。

「よろしくお願いしますよ……」

五分ばかりいて、母はすぐ帰って行った。

朴奎学は、医大助教授をしているだけに、なかなか教養のある人物で、絵画についても知識は豊富である。そして話すのは、もっぱら野口と朴奎学とであった。

肝腎の金英順とは、夏休みが終って、休日しか絵がかけないという話をしただけである。そのあと三人は、明治町に出て、早目の夕食を摂《と》って別れた。別れぎわに英順は、

「私の顔の絵が心配だから、ときどき来てみる」

と微笑《わら》って云った。

――ただそれだけのことだったが、野口には、この突然の来訪が、どんなに嬉しかったことか！　その夜、彼は浮き浮きして、眠られなかったことを覚えている。

英順が帰り際に云ったことは、嘘ではなかった。

次の日曜日の午後、大邱《たいきゅう》の青リンゴを持って、訪ねて来たからである。

夏の日射しと、秋に入っての日射しとは、随分と違うものである。野口良吉は、徳寿宮で見た彼女の皮膚の色と、アトリエでみる英順の皮膚が、かなり喰い違っているので驚いていた。だが、秋の柔かな日射しの方が宮廷舞踊にふさわしい。

野口は、そのことを彼女に話して、顔を描くために日曜ごと、時間をさいてくれないか

と頼みこんだ。ちょっと口実めいた、後ろめたさを感じながら――。

兎に角彼は、英順と二人きりで会う、こうした時間をつくりたかったのだ。そして思いがけず、彼女は素直に承知してくれたのである。

……日曜日は、彼にとっては、楽しい、待ち遠しいものになった。

日曜ごとに、妓生がアトリエを訪ねてくると云って、母は近所の評判を気にしたが、「絵のためだ」と云えば、さほど野口に逆わなかった。目的は彼女の顔だけだから、英順はアトリエに入ると、椅子にきちんと腰をおろしている。それだけでは退屈だろうと思って、野口は画集や、自分の写真アルバムを、彼女にあてがった。

一時間ほど坐って、しばらく休憩し、また三十分ほど坐って貰う……という約束が、三回目には三十分ほど坐って貰い、あとは雑談して別れるという形となった。

雑談といっても、彼女は自分から積極的に話しかけないので、野口の方から、妓生の生活について、あれこれ質問するわけである。英順は、自分たちの暮しぶりについては、率直にしゃべった。

「一時間二十五円といえば、妓生のなかでも最高の線香代だろう?」

と彼が質問する。

「線香代と違う。五人一組。踊りを見せる料金だわ」

と、ポツンと彼女が答える。

「それだけ、高いお金を貰っているのに、どうして、あのような家に住んでるの？」

と彼が訊く。

「そうね。二十五円とるのは、両班《ヤンバン》だけ。日本人と……」

さも当然のことのように、彼女は応じる。

野口には、彼女の応答によって、妓生の世界の裏側がわかり、妓生の歴史がわかることが面白かった。

英順の話によると、一時間二十五円という料金は、日本人客、および朝鮮の富豪たちに要求する額であって、実際には、たとえば朴奎学のように宮廷舞踊を可愛がってくれる朝鮮のインテリには、たった五円で奉仕していた。日本人と両班の場合だけ、十円を検番に納めて、残りの十五円を平等に五人で分配する。すると一人あたま三円になる。奉仕料金のときは一人一円である。

この勘定でゆくと、一晩に日本人が三組ほど彼女を呼んでくれて、たった九円の収入なのであった。

「一晩に、たった一円のときもあるよ。ただチップは、全部、私のもの……」

野口は夏の盛り、老いた楽士たちが、徳寿宮にいそいそとやって来たカラクリが、やっと呑みこめるような気がした。金英順は、その老楽士たちに、正統の宮廷舞踊を教わり、その恩義に酬いているわけだった。

——十一月に入ると、京城の街は、もう冬仕度になる。小雪が舞いだすのは、この月の下旬からだった。

アトリエに煉炭火鉢をもちこみ、その日曜日の午後も、野口良吉は、最後の顔の修正にかかっていた。

キャンバスに描きだされたのは、徳寿宮を背景に、老いた楽人が雅楽を吹奏している前で、愁いを含んだ朝鮮の舞姫が、秋空を見あげつつ舞っている……という構図である。

老人たちは、昔を懐しむように、ある者は瞬き、ある者は恍惚と英順を眺め、ある者は目を伏せている。

そして英順は、かすかに横顔を見せて、自分の白い右手を凝視している。その右手を凝視する英順の瞳の色が、なかなか思い通りに出せないのであった。

野口が、絵具をパレットであわせていると、アルバムを見ていた英順が、不意に声をかけてきた。

「これ……誰？」

彼は、

「ん？」

と生返事をした。

父母の部屋にあったアルバムを、持って来て英順に見せていたのだ。英順は自分から立ってアルバムを見せに来た。

「こ、この人よ……」

野口は覗きこみ、苦笑した。彼女が指しているのは、軍人だった頃の、彼の父だったのである。

「ああ。僕の親父だよ」

「あんた……お父さん？　この人？」

なぜだろうか。英順の声音には、噛みつかんばかりの緊迫したものがあったのだ。

「もと軍人だったんだ。僕のおふくろと結婚してから、軍人を止めたけど……」

不意に英順は、手にしていたアルバムを、完成寸前の彼のキャンバスに叩きつけた。パーンという、平手打ちのような音がした。

「な、なにをするんだ！」

ぐらり、と画架装置は倒れそうになり、キャンバスは横のめりに床に落ちた。腰を浮かせた野口は、あわてて、その絵を手にうけようとして、椅子から転げ落ちた。

絵の方は、まあまあ無事だった。

彼女はなぜ、彼の父の昔の写真をみて、そんな行動をとったのだろうか。完成寸前の絵に気をとられ、ほっと一息ついて見廻すと、玄関の戸があいており、英順の姿は見えなかった。

「おい、きみッ！」

「なぜ逃げるんだッ！」

彼は跣《はだし》のまま飛びだした。しかし、坂道まで出ると、体裁わるくなって、英順を追いかけられなかった。そして宮廷舞踊で知られた変り者の妓生は、紫の裳をひるがえしつつ、小走りに坂を駈け下って行くところであった。

5

金英順をモデルにした絵は完成した。

だが、彼女は紅夢館へ訪ねて行っても、彼の部屋には、

「行けない」

というだけで、姿を見せない。

彼は、洞簫の噎《むせ》び泣くような音、哀調のこもった長鼓の音を求めて、英順に会いたい一心で、茶屋町から鍾路界隈を彷徨した。そしてある料亭から出てきた老楽人の一行を見つけて交渉したが、英順は料亭の中に隠れて、出て来ようともしなかった。

〈彼女に嫌われた……〉ということは彼にだってわかる。しかし彼が知りたいのは〈なぜ、嫌われたか〉ということなのであった。

その原因は、あの日のアルバムの写真なのであろう。そして自分の父が関係していることはわかる。

写真は、結婚前の父母が、郊外あたりで肩を並べている、いわば婚約中のものなのであった。母は着物を、そして父は将校の制服をきて、軍刀を吊っている。

〈あの写真の、なにが気に要らないんだろう？　彼女は、軍人が嫌いなのか？〉

野口良吉は、そう思った。

英順に会って、その理由をきけば、なにもかもハッキリするのだが、彼女が会いたがらない以上、彼は、怒りの理由を推測して行くよりなかった。

アルバムの写真を示して、母に訊いてみると、

「たしか、水原あたりにピクニックに行って、撮って貰った写真じゃないかしらね」

と、記憶は曖昧だった。

こうなると、父の記憶にたよるしかない。

野口の父は、旅館組合長をしているので、日頃、外出しがちだった。だから、夜にでも聞きだすより方法はなかった。

——忘れもしない。

ちょうど太平洋戦争がはじまる前夜——つまり十二月七日の夜のことだ。

野口は、父の荒平が帳場にいるのを見て、例のアルバムを持って這入って行った。

「お父さん。ちょっとお聞きしたいことがあるんですが」

「なんだな？」

荒平は、番頭に帳簿を返しながら、彼を見た。

「この写真なんですけどね」

「どれだ？」

父は老眼鏡をかけて一瞥し、番頭の手前、苦笑しながら頁を閉じた。

「お母さんと一緒に撮ったのは、たしかこの写真がはじめてですね」

「ああ。古いのがなければ、そうだろう」

「この写真を撮った場所は？」

「さあ、忘れてしまったよ……」

「お母さんは、水原の近くだとか、云ってましたけど……」

父の荒平は、不意に厳しい口調になった。

「おい、良吉」

「はい……」

「この古い写真に、なんの関係があるんだ」

「ちょっと、大切なことなんです」

「大切なこと？」

「ええ。景色がよさそうだから、生徒を連れて写生旅行に行こうと……」

「この十二月にか？」

「いいえ、春になったらですよ。来年の計画表をつくるんです」

彼は嘘をついた。女学校で先生をしているという立場を、利用したのである。その彼の言葉をきくと、父はまた老眼鏡をかけ、アルバムの頁をくった。

そして電燈の光にかざした。

「水原か……」

父の荒平は呟いた。

写真の背景には、低い丘陵がみえ、左手に木造の村役場のようなものが見える。野口の父は、記憶を探し求めている様子だったが、

「ああ！」

と低く云った。

「これは発安場だよ」

「ハツアンジョオ？」

「いまは発安里といっている。烏山から西へ真ッ直ぐ入ったところで、大して景色のい

い所じゃないぞ」

荒平は老眼鏡をはずした。

「なぜ、こんな所に？」

「ああ、昔は守備隊があってね。リンゴか梨でも捥《も》ぎがてら、お母さんが遊びにきたときの写真だろうよ」

父の言葉には、なんのためらいもない。

野口は、落胆した。なにか父の言葉から、金英順の怒りの理由のヒントでも、摑もうと思ったのだが、それは無駄のようであった。

「桃や、ブドウじゃないんですか？」

「昔は、リンゴや梨、杏《あんず》などが多かったね。この発安場守備隊は、なかなかの手柄を立てた守備隊なんだぞ。万歳騒動のときに――」

野口は、目を光らせた。

「万歳騒動って、なんです？」

「お前はまだ、生まれてなかったろう……。いや、生まれた年だったかな？」

父は朝日の袋から、吸口のついた煙草をとりだした。そして赤くなっているストーブの煙突に、それを押しつけた。

「朝鮮人たちが、万歳《マンセイ》、万歳《マンセイ》！　と騒ぎ立てた事件だよ。鍾路のパゴダ公園に、朝鮮の学生が集まって、独立宣言文を読み上げた……これがキッカケで、朝鮮中が大騒ぎになった事件だ」

「そんなことが、あったんですか」

野口は、初耳だった。

「あったとも。三月一日に起きたので、陸軍では三・一騒擾《そうじょう》といってたな。これのためにパンフレットまで出た位だ。こんごに備えるという意味でね」

「すると、この写真の守備隊は……」

「ああ。暴徒を鎮圧したわけだ。……もういいだろう。わしは忙しい！」

野口は、帳場を出た。千代田楼の建物は、エの字型に建てられていて、玄関を入って左手階下が女中部屋、その二階が父母の部屋になっている。

その足で彼は、父の書斎というか、居間へと入って行った。荒平は几帳面な性格で、壁には棚を組んで、名刺帳、日記帳、宿泊名簿などを、年度別に整理している。

そして一方の棚には、軍人時代の蔵書と、旅館の主人となって以来、買い求めた本その他が並んでいるのであった。

ためらわずに野口は、古い時代の棚を探して行った。背表紙のすり切れかかった、パンフレット類の中を探して行くと、『朝鮮騒擾経過概要』という表紙の活字が見つかった。手に取って第一頁を開いてみると、『三月一日、約三、四千名ノ学生ハ予定ノ通リ「パゴダ公園」に集合シ、独立宣言書ヲ朗読シ、示威行進ヲ開始スルヤ、群衆コレニ附和シ……』という冒頭の文章が目に入った。

〈これだな!〉

彼はそれをポケットにねじこむと、なに食わぬ顔をして、自分の城であるアトリエに逃げこんだ。

昔の、大正八年ごろの軍隊の文章だから、漢字が非常に多く、野口は閉口したが、かまわず飛ばして読んで行った。

この平和な朝鮮で、二十数年前に、このような一大騒擾事件が発生していたとは、彼には信じられないことだった。しかし、こうして経過概要まで発行されている所をみると、紛れもない事実らしい。

そして当時の朝鮮では、この事件のことは歴史の教科書にも載らず、日韓併合以来、ただただ平和であるとのみ強調されていた。

……その経過概要によると、この独立運動の首謀者は、天道教徒、基督教徒たちで、それに一部の学生たちが参加した。独立宣言文を起草したのは、歴史学者の崔南善である。

三月一日、学生たちは同盟休校をやり、パゴダ公園に参集した。最初の計画では、天道教主・孫秉熙《そんへいき》によって、この独立宣言文が読みあげられ、祖国の独立万歳を三唱した後、デモ行進に移る予定であった。

だが、パゴダ公園の熱狂した学生たちをみた大人たちは、暴動の恐れがあると心配し、まぎわになって会場を、仁寺洞「明月館」の楼上に変更したのだ。

そして明月館で宣言文を読み、内輪だけで万歳を三唱し、警務総監に電話して自首して出た。

血気さかんな学生たちは、こうした大人たちの裏切りを知り、憤慨した。そして最初の予定通り、宣言文を群衆にくばりつつ、東西二隊にわかれて、デモ行進に移ったのである――。これが約九ヵ月、朝鮮半島を蔽い、燃え続けた燎原の火の、発火点だった。

パゴダ公園を出たとき、それは数千名の学生たちだった。小川にも等しい存在だった。

だが、万歳を連呼しつつ、学生たちが、李太王殿下の霊柩が安置されてある、徳寿宮になだれこんだ時には、小川はすでに大河となっていた。

「朝鮮独立万歳《ちょうすんのくりつまんせい》！」

群衆の怒号は、やがて鍋の底のような京城の街を揺り動かし、全市街は、たちまち洪水の渦に狂いはじめた。

その日のうちに、平壌、元山に飛び火し、翌日は黄州、鎮南浦、安州、さらに三日には開城、兼二浦、沙里院、宣川、咸興……といった風に燃え拡がって行った。

軍では、あわてて全鮮に戒厳令をしいたが、すでに手遅れだった——。

〈でも金英順と、この三・一騒動とは、関係ないじゃアないか——〉

野口良吉は、パンフレットの経過概要で、三月分の項を読んだだけで、うんざりしてしまった。ただ彼には、過去にそうした事件があったという事実の方が、新鮮な駭きだった。彼は、その夜、寝つかれないで、枕許のスタンドをつけ、雑誌を読んでいたが、不意に思った。金英順が、怒りを示したのは、父ではなくその背景になっている発安場の守備隊のことなのだ——。

彼は、パンフレットの、頁をめくってみた。騒擾の経過は、月別かつ道別に、記されてある。

四月の暴動の項の京畿道の欄に目を通しはじめた彼は、不意に起き上った。そうして愕然と目を瞠《みは》ったのである。

それには、次のような冷酷な文章が並んでいた。

『……京城府内ニ於テハ官憲及軍隊ノ至厳ナル警戒ノタメ、騒擾ヲ惹起スルニ至ラズ。表面上ノ秩序ヲ維持シ得タリト雖モ、郡部ニ於テハ激烈ナル騒擾ノ影響ヲ受ケ、四月上旬ニ至リ猖獗ヲ極メ、郡庁、面事務所、警察官署、憲兵駐在所ノ襲撃、民家及ビ面事務所ノ破壊、放火、橋梁ノ破壊、焼棄ナド、アラユル暴行ヲ敢テシタルノミナラズ、約二千名ノ暴民ハ、水原郡雨汀面花樹里警察官駐在所ヲ襲ヒ、之ヲ包囲暴行シタルヲ以テ、駐在巡査ハ発砲応戦シタルモ衆寡敵セズ、弾丸尽キ、遂ニ惨殺セラレ、ソノ屍ハ凌辱セラレタリ。

状況右ノ如ク、殆ンド内乱ノ如キ状態ニシテ、為ニ同地方ノ内地人ノ如キハ、危険ヲ冒シ婦女子ヲ一時他ニ避難セシムルナド人心恟々、形勢混沌タリシガ、当時、来著セル発安場守備隊長ハ、現況ニ鑑ミ、暴動ノ主謀者ヲ剿滅スルノ必要ヲ認メ、四月十五日、部下ヲ率イテ堤岩里ニ到リ、主謀者ト認メタル耶蘇教徒、天道教徒ナドヲ集メ、二十余名ヲ殺傷シ、村落ノ大部分ヲ焼棄セリ……云々』

発安場の守備隊が登場して来たのは、ただこの一箇処であった。

〈主謀者ト認メタル耶蘇教徒、天道教徒ナドヲ集メ、二十余名ヲ殺傷シ……〉

――野口は、その活字を眺めて、ぼんやりした。

軍隊らしい簡潔な文章だった。しかし一人の巡査が殺された報復手段としては、あまりにも酷たらしいことをやるものである。これでは虐殺だった。集めて二十余名を殺傷したというからには、機関銃ででも一斉射撃をしたのだろうか。そのあと、村まで焼き払うというのは、どういう積りなのだろう。

野口は、蒲団の上に起き直り、風邪を引くのも忘れて、その無味乾燥な活字を、腕を組み凝視しつづけた。

彼の頭脳の襞《ひだ》の中では、堤岩里という、自分の知らない小さな部落で、部落の主だった人間が集められて、おろおろしている光景が目に浮かんだ。笠《カツ》をかぶり、白衣の上に周衣《ツルマキ》を羽織った村の長老たち。

それらの人々は、実際に花樹里の駐在所を襲撃した首謀者だったかも知れない。また、全然、縁もゆかりもない、熱心な基督教、天道教の信者だったかも知れないのだ。

それから二十数名の朝鮮人たちは、〈暴動の首謀者を剿滅〉する目的で、暴動後、数日たって〈殺傷〉され、村落を〈焼棄〉されたのである。

〈もしかしたら、父はその当時、守備隊長だったのではないのか？〉

野口はそう思い、怯えた。

彼の父が、そんな無法な殺戮《さつりく》をする人間には思えない。しかし、金英順の忿怒に満ちた、ギラギラ光るあのときの瞳の色を思いだすと、なにか自分の父の顔を見て、憤慨したとしか思えなくなるのであった。

——翌日、日本は太平洋戦争に突入した。京城の街は、真珠湾攻撃のニュースと、その大戦果に、湧きに湧いていた。戦勝祈願だというので、野口の勤めている女学校の生徒たちも、南山にある朝鮮神宮へ参拝に行かされた。三百八十四段の広い石段では、参拝の小学生、中学生たちが、ひっきりなしに往復していた。しかし野口には、日本の戦争のことよりも、金英順の方が気がかりだった。

参拝のあと、彼は電話帳で、京城の「芸娼妓組合」の事務所を調べ、金英順の戸籍について問合わせた。

女事務員が応対に出て、

「しばらくお待ち下さい」

と云ったきり、なかなか埒《らち》があかない。

野口は五分ぐらい待たされた。次に出たのは男の声で、

「いま忙しいので、調べられないのですがねえ。なにしろ戦争でしょう……」

と、暗に断る口吻である。野口は、怒鳴りつけた。

「こちらは憲兵隊だ！　早くせんか！」

彼の剣幕におどろいて、相手はすぐ、妓生金英順の項を探し、電話口で読み上げてくれた。

彼女の戸籍は、野口がもしやと危惧していた通り、京畿道水原郡郷南面堤岩里であった。

「ご苦労さん――」

電話を切りながら、野口良吉は、冬だというのに、額に膏汗《あぶらあせ》をにじませていた。

〈やっぱり、だった……〉

家に帰って、地図を調べてみると、発安里のすぐ隣の部落が、堤岩里であった。戸数は五十四戸というから、部落としても小さい方であった。

朝鮮の邑《ゆう》・面《めん》は、日本でいう町・村である。

里というのは、日本でいう字《あざ》で、部落をさすのであった。

〈英順は、三・一事件で、日本軍の虐殺のあった部落の生まれだった……。しかも大正五年生まれだから、そのときは数えで四歳だ。記憶はある！〉

野口は、慄然とした。と同時に、自分がもし不当に父親を殺されたとしたら、その恨みを生涯かかっても、持ち続けるのではないか、という気がした。

堤岩里と発安里とは、目と鼻の先なのだ。母親から、

「お前のお父さんは、発安里の守備隊に殺された」

という話を聞けば、成長するに従って、その守備隊の兵士たちを、そして建物を憎むようになる。いや、その発安里の景色そのものすら、憎悪の対象となるのである……。

〈英順は、あの写真の背景をみて、それがどこか判ったのだ。そうして、そこに軍服姿でにこやかに佇んでいる野口荒平をみて、自分の父親を殺したのは、この軍人だと、思いこんだのではなかったか……。つまり野口良吉の父が、殺したのだと――〉

野口には不図、彼女が日本人の男とは寝ないと宣言したという意味が、俄に、ある大きな重量感のあるものとなって感じられだした。もし、彼女の父親が、堤岩里で殺傷された二十数名の〈首謀者〉の一員だとすれば、日本人を憎む気持も、野口の絵のモデルになりたくない、という気持も理解出来るのである。

舞を見せて日本人から高い料金をとるのも、知事に扇を投げつけたのも、なにもかも納得がゆくではないか。

父親の突然の死によって、彼女の一生は、不幸なものとなったことは想像に難くない。その証拠に、范南洞の汚ならしい家屋に、母親と二人きりで住み、一時間一円か、せいぜい三円の収入を得て暮している。

……あれこれ思い煩うと、野口は英順にあって問い糺してみたい気持が、勃然と湧いてくるのであった。だが万歳事件の当時、彼の父も軍人だった。そして発安場守備隊の前で、母と仲好く写真を撮っている所をみると、まんざら無関係だとは云い切れない黒い怯えが、野口を押し包むのであった。

〈父がその頃、守備隊長だったら、どうしよう？　そして英順の父を、殺した張本人だったら？〉

野口良吉は、ある良心の苛責を感じて、日ましに憂鬱な教師となって行った。

6

野口良吉の、金英順を描いた三十号の油絵は、『李朝残影』という題名を付して、鮮展に出品された。

野口は、この絵にだけは、自信を持っていた。英順を知ってから、すでに一年あまりが過ぎている。そしてその一年あまりは、すべて彼女の舞姿への執念で、凝り固まっていたといっても過言ではないのだ。美術館に搬入したのは、年が明けてすぐであった。なにも、そんなに急ぐ必要はなかったのだが、アトリエの隅で英順が絵になって埃をかぶっていると思うと、なんとなく憂鬱だったからである。

彼は、どちらかと云えば、内攻的な性格の方であった。くよくよと思い悩むタイプであった。

父親に、三・一騒擾事件の当時のことを、はっきり聞けばよいのに、それができない。発安場の守備隊のことを、たしか父の荒平は、「なかなか手柄をたてた守備隊だ」と表現したように記憶している。手柄をたてた、ということは、父自身、堤岩里の殺戮によって水原郡の暴徒が鎮圧できた、と信じている証拠だった。そして、それは他人の手柄だったというようにも、解釈できる。

それなのに、野口には、どうも父が事件に関連しているように思われて、つい切り出せないのであった。なぜかというと、暴動が治まったあと、無辜《むこ》の民を殺傷した罪は、軍隊といえども追及されたに違いない……と推測されるからだ。そして父荒平は、三・一騒擾の直後――大正九年に、陸軍歩兵大尉の肩書のまま、退職しているのである。

〈父の退職と、堤岩里事件とは、関係があるのではないか?〉

野口良吉は、そう考えただけで、息苦しくなった。そして、必ず、父親の写真をみて、血相を変えた英順のあの時の強《こわ》ばった表情が、彼の胸を銀の針で突き刺すのだった……。

紅夢館にも、足が向けられなかった。

三・一騒擾事件や、堤岩里の殺傷事件を知らない以前なら兎も角、英順の怒りの理由がなんとなく想像できる現在では、顔を合わすのも辛いのである。その癖、たまらなく会いたかった。

〈なんだ……。たかが朝鮮の妓生じゃないか!〉

野口は、自分に云い聞かせる。

自分の絵のモデルになってくれただけの、手すら握ったことのない妓生である。年長でしかも朝鮮人で、父《てて》なし子の妓生で……と、彼は金英順の欠点を、洗いざらい数え立ててもみる。彼は、英順のことを忘れよう、考えまいと努力はしている積りなのだった。

――街には景気のいい軍艦マーチの前奏曲で、刻々と日本陸海軍の戦果が報道されている。そしてその攻撃ぶりは、全くはなばなしかった。

マライ沖海戦では、英国の最新鋭をほこる二戦艦を葬り、一月三日にはマニラ市を占領、二月十五日にはシンガポール陥落と、息つくひまもない強襲によって、京城の府民たちを戦勝気分に誘いこんだ。

だが野口には、金英順のことが頭にこびりついて、浮き浮きするどころではなかった。スラバヤ沖海戦の戦果が、報道されている二月末のことだった。野口の勤め先の女学校に、京城日報の記者が、とつぜん彼を訪ねて来た。

〈なんの用事だろう?〉

と思って校長室へ行くと、校長がニコニコして、

「おめでとう!」

と云うのだ。

「なんのことでしょう?」

野口は、きょとんとして、カメラマンと記者の名刺を見つめた。記者は笑い、

「あんたの絵が、特選の第一席になったんですよ。感想を聞かせて下さい」

と、早速ザラ紙を構えた。

「特選ですか?」

「『李朝残影』を出品された、野口良吉さんでしょう?」

「そうですが……」

「だったら、間違いありません」

彼は受賞の感想なるものをしゃべらされ、カメラマンから顔写真を撮られた。このニュースを知って、職員室の連中も、口々にお祝いの言葉を述べてくれた。

〈あの絵が、特選に!〉

自分の喜びよりも、先ず金英順に知らせて、彼女に喜んで貰いたいという気持の方が、先に立った。

だが果して彼女が、素直に喜んでくれるか、どうかを考えると、野口は知らせに行くことがためらわれた。

結局、野口は帰宅するまでに、自分の家と、セブランス医科大学の朴奎学とに、そのことを電話しただけだった。

三月五日から、鮮展は公開された。総督府美術館で、ほぼ一ヵ月、展覧会は開催されるのである。野口も、女学校の生徒たちを連れて、三日目だったかに、見学に行った。

特選第一席の『李朝残影』の前には、さすがに見物人が群がっている。彼は、女生徒たちの手前、つまらなさそうな表情を装いながらも、内心、得意だった。そうして、モデルの金英順と連れ立って、自分の絵を眺めに来られなかったことが、すこぶる淋しく、侘しく思えてならなかった。

その『李朝残影』には、二十五歳の彼のすべてが、精魂が使い果されているのだ。一年近く英順の許に、紅夢館に通いつめた執念が、三十号の油絵となって結晶しているのである。この特選受賞を、なによりも喜んでくれたのは、軍人を辞めて以来、名誉欲の強くなった父の荒平である。

「これで良吉も、一人前の画家として、世間に認められたわけじゃな!」

荒平は、千代田楼に泊っている客の誰彼なしに、息子の彼を連れて挨拶に行きたがった。画家よりは軍人の方が立派だと、思いこんでいる父にしてみたら、思いがけない変化ぶりである。朴奎学からは、お祝いの鯛が届いていた。日本の習慣を、よく知っている男であった。そのほか、生徒の家やら、近所の知人やら、友人だの同僚だのから、祝いの品物だの、祝辞が届いた。

――しかし、その喜びは束の間だったのだ。

開催後八日目に、朝鮮軍の参謀長・田沢嘉一郎が見学にきて、彼の『李朝残影』を見るなり、

「これは妓生の金英順ではないか――」

と、部下の参謀に、不服げに洩らしたからである。

「はあ。よく似ておりますな」

参謀は、相槌を打った。

「似ておるではない。これは、あの女じゃ。調べてみよ」

田沢中将は、一夜、金英順の舞姿をみて、それ以来、彼女に執心なのだった。部下の参謀は、上官のその気持を見抜いて、いろいろ斡旋したが、検番の方でも、首をふられ、どうにも手がつけられなかったのである。

参謀長は、自分の意に従わない妓生が、画家風情に嘻々としてモデルになっていることが、気に喰わなかったのであろうか。その日、午後の授業で、水彩画を指導していた野口は、憲兵の突然の訪問を受けた。

校長室で応対すると、相手はいきなり、

「早速ですが、あの絵のモデルは?」

と訊いてきた。

「朝鮮の女性です」

彼は、憲兵の額から上に、制帽の形に、白い一線が画されているのを、そっと見やって答えた。

「それは見ればわかります。住所氏名は？」

「住所は正確に判りません。苑南洞だと思いました。名前は、金英順です……」

「すると、妓生だな？」

不意に、憲兵は語調をがらりと変えた。

野口は、むッとして云った。

「そうです」

「ふーん。いやしくも、学校の教職についている者が、妓生にモデルになって貰うとは、非常識すぎる！」

「非常識ですか？」

「当り前だ。この非常時に、なんたる不心得だ！　日本はいま、戦争をしとるんだぞ」

憲兵の顔には、残忍な怒りが溢れていた。彼は不思議そうに、それを眺めた。

「でも、モデルになったのは、去年ですよ？」

「屁理窟を云うな！」

「しかし、本当です」

「まあ、兎に角、来て貰おう。いろいろ、聞きたいこともあるからな」

授業を中止して、野口は、憲兵隊の自動車に乗せられ、竜山の憲兵司令部に連れて行かれた。そして夕方まで、ほったらかしにしておかれた。

空腹の上に、寒いので、彼はいささか向かッ腹を立てはじめた。その頃になって、ストーブを焚いている取調べ室へ案内された。中尉の肩章をつけた男が、机の前に坐っている。

彼は一礼した。

「坐り給え……」

将校だけあって、扱いは鄭重だった。

中尉は、『李朝残影』が、いつ頃から描かれたかを聴取し、ついで英順と彼との関係について、いろいろと質問した。しかし、彼の答えは、一つしかない。

「ふーむ。するときみと、金英順との間は、潔白だというんだね？」

「そうです。なぜ、そんなことばかり聞くんです？　早く帰して下さい」

野口は怒って云った。

「用件が済めば、帰しますよ。ところで、きみは、どういう積りで、あんな題名をつけたのか。それを聞かして下さい」

「さあ……ただ、なんとなくです」

「なんとなく？」

「はい。扱った画題が、李朝時代の宮廷舞踊ですから――」

「なんとなくねえ。しかし、李朝が影を残しているとなると、一般民衆には、まだ李朝が生き残っているような印象を与える。その上、場所は徳寿宮だし、ますます貴方の作意が感じられるんだが？」

「なんのことですか？」

「ふざけるなッ！」

中尉は、立ち上り、テーブルを拳でドンと叩いた。硬軟をとりまぜて、訊問する種族の、常套的な威嚇である。

「なにも、ふざけてません」

「嘘をつけ！　これは、なんだ！」

差し出した白い表紙のパンフレットを一瞥して、彼は、

「あッ！」

と小さく口に叫んだ。それは父の書斎から拝借していた『朝鮮騒擾経過概要』だったのである。

「貴様のアトリエを捜索したら、この本がでて来たぞ！　これでも、作意がないと云い張るのか！」

「そ、それは……別に絵とは、無関係なんです」

「だったら、なぜアトリエにある！」

「さあ。いつ頃からあったのか、自分でも覚えてないんですが……」

本能的に、野口は自分の父を庇おうとしていた。昔軍人だった父が、所蔵していたパンフレットなのだ。でも憲兵にそれを告げるのは、なんだか父に迷惑がかかるような気がしたのである。——訊問は続いた。

野口は、日時を忘れたが、そのパンフレットを近くの小学校の校庭で拾った、と嘘を吐いた。古本屋で買ったというと、古本屋を洗われると思ったからである。

夜十時ごろ、訊問は終りかけた。

空腹と腹立ちとで、野口は、仏頂面をしていた。

「きみの父親も、元軍人だったそうだし、まあ今日の所は、大目に見てやる。こんな過去のことを、ほじくり出して興味を持つんじゃないぞ。いいな！」

「はい」

「それから芸者だの、妓生をモデルに、今後一切、絵を描いてはならん！」

「は、はい」

「最後に、あの絵の題名のことだが、すぐに変更したまえ！」

「題名を変えるんですか？」

「むろんだ。民族主義者でなければ、題名を変更すること位、やぶさかではない筈だろうが――」

野口は、憤慨した。一介の軍人が、気まぐれや、思いつきで、権力を笠に着て横暴な要求をするのが、不愉快だった。『李朝残影』という題名を見て、まだ李朝が続いている、生き残っていると感じとるのは、憲兵たちだけではないのか――。

「どうする！　変更するのか。しないのか」

「……仕方ありません。題名は変えます」

「よし。自発的に、そうして欲しいと云うのだな」

野口は、またかーッとなった。自分から強要しておいて、こちらが承知したとなると、自発的に変更を申し出たという言質《げんち》をとろうとする。身勝手すぎるではないか。

しかし彼は、早く家に帰りたかった。

「はい。そうして欲しいと思います……」

「よかろう。で、新しい題名は？」

「つけません」

「なに？」

「強《し》いてつけるなら、無題という題名で、結構です」

なにが癇に触ったのか、憲兵中尉は立ち上りざま、野口を撲りつけた。拳は鼻の先を強くかすり、生暖い血が鼻の穴から溢れた。

「なにをする！」

立ち上りかけた野口は、顎に拳の一撃をくらい、椅子ごと倒れた。彼の度の厚い眼鏡が床に落ち、レンズは音をたてて割れ散った。

「無題とはなんという云い草だ！　貴様はアカに違いない！　帝国軍人を侮辱すると、

どんなことになるか、思い知らせてやる！」

　——その夜、野口は、冷たい憲兵隊の留置所で、ぶるぶる震えながら過さねばならなかった。三月中旬とはいっても、朝鮮ではまだ冬のうちである。彼は、たかが絵のモデルや題名のことで、殴りつけたり、留置したりする憲兵の横暴さに、我慢できなかった。野口は、あの堤岩里の虐殺事件、そして放火事件も、日本の軍隊では起りうるのだということを、身を以て体験した。

〈英順。俺だって、こんな酷い仕打ちにあっている！　殴られて、夕食も与えられずに、コンクリートの壁に囲まれた、留置場で震えている！〉

　たった一枚の毛布にくるまり、歯の根を鳴らしながら、野口良吉は、金英順の白く透けて見える耳朶や、つんと高い鼻の形などを、一心に思い描き続けた。

　翌朝、野口はふたたび取調べ室に、呼び出された。

　バンドを取り上げられているので、ズボンを両手で持ち、野口が廊下をやってくると、父の荒平がベンチに坐っている姿がちらりと見えた。貰い下げに来たらしかった。

「どうだ、野口！　題名は、どうする気だ？」

　昨夜の中尉は、健康そうな表情で、当番兵のさしだす熱い番茶を、うまそうに啜っているのだった。

「はあ……」

「折角の特選第一席を、棒にふる気はないだろうが？　ええ？」

「はあ……」

「きみの親父さんは、三・一騒擾のとき、武勲を立てている。パンフレットは、きみの親父のだろうが！」

「ええ？」

「なぜ隠し立てをする。隠し立てするから、留置所の厄介になったりするんだぞ？　発安場の守備隊長として、武勲を立てた軍人の息子が、なにも父親の手柄を、かくす必要はないじゃアないか……」

野口は、耳を疑い、啞然となった。

「父が……あの……守備隊長……」

「そうだ。知らなかったのか」

中尉は、〈なんだ、親不孝者め〉という表情をした。そして「誉《ほまれ》」を一本とって吸いつけた。その仕種《しぐさ》には、昨夜と打って変って、彼への親しみがこめられている。

「当番兵！　お茶をもう一杯！」

中尉はそう命じてから、野口を見た。そして、〈おや？〉という顔つきで、彼を凝視するのだった。

野口の頰は、涙でうすく濡れていた。泣いていたのだった。彼の一番懼《おそ》れていたことは、矢張り事実であった。自分の父が、あの英順の父を殺していたのだ……。

「ところで、題名は、なんとつけるね？」

当番兵が、野口の前に、湯気の立つ番茶を運んできた。彼は、それに手をのばしたい衝動に耐えながら、静かに首をふった。

「やっぱり……変えません。いや、変えたくありません」

「なんだと？」

中尉は、気色《けしき》ばんだ。野口は、もう一度首をふって、ゆっくり答えた。

「その代り、特選をとり消して下さって、結構です……」

次の瞬間、彼の体は横転していた。でもその皮膚に伝わった苦痛は、決してただの苦痛ではなかった。

金英順の顔が、幻のようにすぐ近くにあった。


（完）

性欲のある風景

ざるを得ない。

終戦の日、つまり一九四五年八月十五日の記憶を甦らせると、今でも僕は内心忸怩《じくじ》たら

なぜなら、学友たちの誰もが動員先の工場で呆然自失したり、わけもなく溢れてくる泪の意味に戸惑ったりしてる時分、動員を怠けて漢江でボート遊びに耽《ふけ》り、その挙句映画館の暗闇の中で敗戦も知らず鼻屎をホジくっていた不埒《ふらち》な学生が、僕だったからである。剰《あまつさ》え僕は、帰り途で日本の無条件降伏を教えて呉れた親切な友人を、小賢《こざか》しくも非国民と罵って思い切りブン殴ったりしたのだ。

どうして其の時、不意に昂奮したり、その久武という友人を殴りつけたり、僕はしたのだろうか。十数年も前のことだから、記憶も鮮明でないが、夕陽が朱く昭和通の舗道を照らし、仰向けに転倒した久武の蒼い横顔をクッキリ浮き上らせていた一齣《こま》の情景だけは、未だに脳裏に貼りついていて僕を自責の念に駈り立てるのである。

常識的に、日本の敗戦が一瞬信じられなかったからだろうと、その動機を解釈してもみ

たが、愛国者を装ったこの弁明は聊《いささ》か妥当性を欠いているようであった。実はその日の朝、薄々ながら僕は戦局が最終段階に追い込まれていることを察知していたからである。夜中の——たしか午前三時頃だったと思うが、総督府の官吏であった父の許に電話があった。僕の部屋は電話の位置から最も近く、女中は熟睡しているらしく誰も応対に出ないので、僕は受話器をとり、そして二階に父を呼びに行った。毛布をひっ被って一心に眠ろうと図っている僕の耳に、父の駭《おどろ》きをこめた応対の言葉が途切れ途切れに聴えて来、それから暫くして自動車が迎えに来たのだった。玄関に送りに出た母や僕に、父は顔を痙《ひ》き吊らせながら、「大変なことになった」とだけポツンと一言洩らし、遽《あわただ》しく出掛けて行ったのである。当時の記録に依ると、朝鮮総督府にポツダム宣言受諾の降伏書全文が同盟通信京城支局の受信で齎《もた》らされたのは、八月十五日の午前零時であるらしい。もちろん、午前十二時の重大発表の時刻までは、日本の無条件降伏は機密に属することであった。公式主義者である僕の父は、この重大なニュースを家族にも告げず、「大変なことになった」という言葉しか表現できなかったのである。だが常日頃、冷静寡黙な僕の父が何時になく取り乱しているその挙措から推して、啻《ただ》ならぬ事態だけは敏感に嗅《か》ぎとれた。だから久武の口から日本が負けたという言葉を聞いたとき、僕は瞬間たじろぎはしたが比較的駭きもせず、動揺もしなかったような気がする。

　どちらかと云えば、僕は中学時代から軟派に属していたようだ。女学生に艶書を附けるほどの度胸はなかったが、映画館に出入りし莨《たばこ》をふかす程度の不良ではあったのである。しかし喧嘩などの腕力沙汰を惹き起すことは、徹頭徹尾嫌いな筈であった。中学時代、頭の悪い硬派の連中が、何かと云えば憂国の志士を気取って、同級生のアラを探し出し鉄拳制裁を加え、快哉を叫ぶ野蛮な風潮を僕は不愉快に思っていたひとりだ。とすると、久武を殴りつけるには余程の事情があったに違いない。

　若しかしたら、動員を怠けたという背徳的な疚《やま》しさを、そうした手荒な行為で誤魔化そうとしたのではなかったろうか。或いはまた、久武に個人的な怨みなどあって感情的な傾斜から怒りを爆発させたのだったろうか。どうもそう考えた方が納得できるような気持もするのだが、その時の実態として脳裏に漂っているのは、これらの理由以外の、つまり桁《けた》外れの異質な衝動だったような気がしてならない。その衝動がなんに根ざしているものであったか。思い当らぬまま僕はこの数年を苛々しながら暮して来た。もちろん、不快な記憶には触れたがらない、人間の悲しい習性が苛立たしい時間を斯《か》くも延長させたのだったが。

ところが最近、精神分析に興味を持っている友人と連想試験という遊戯をしたとき、「終戦」という出題があり僕は咄嗟に「牛！」と答えた。この遊戯は、出題されてから最初の連想を告げ、五秒後に連想していた最後の単語を答えてから、その最後の答と最初の連想との間にどのような移行心理が働いているかを推理し、回答者のメモと比較する遊びである。もちろん、出題から連想した最初の答が推理を進めてゆく鍵となるわけであるが、この咄嗟に口をついて出た僕の言葉に思わず友人はゲラゲラ笑い出し、

「どうして牛を連想するのだい？　終戦と牛が結びつく要素があるのかね」

と云った。

この不意の連想は、僕自身にも聊《いささ》か意外だったけれど、でもお蔭で僕はあの夕方久武を殴りつけた衝動、あの妙にモヤモヤした黯い衝動を礑《はた》と想起できたのだった。——原因は、牛である。

終戦のころ、僕たちが学徒動員させられていたのは、京城郊外の鷺梁津駅から約一里ほど隔《へだ》った山の麓にある、S滑空機製作所であった。その年の春ごろ建設されたという噂のこのグライダー工場は、陸軍省指定という看板の文字こそ厳めしかったが、敷地だけが矢《や》

鱈《たら》に広く、バラックが幾棟か並んでいるだけの貧弱な工場であった。敵機の眼を誤魔化すための、茶や緑の偽装がトタン屋根に施されてあり、その軽薄な屋根の模様が先ず僕たちの労働意欲を喪失させた。

遅刻や早退の申告にゆく監督官の部屋には、「死中ニ活ヲ求ム」という扁額が掲げられてあったが、何回か試作の後、漸く量産体制に入った新型滑空機は、組立ててみると蛇が蛙を慌てて呑み込んだような、お世辞にも軽快とは云えない無様《ぶざま》な恰好であり、果してこれが死中に活を求め、戦局を好転せしめるに足る秘密兵器なのだろうかと心配であった。

なんでも、この半噸《トン》積の滑空機は金魚の糞の如く数台が連って曳航《えいこう》され、敵の陣地を爆撃したり味方に糧食を投下する性能をもち、本土決戦の暁には多大な貢献をするのだそうだ。だが不幸にして、この陸軍自慢の新兵器は大東亜戦史を飾ることなく、折角生産された七台のグライダーも献納の式典を明日に控えながら、夜半南鮮を襲った暴風雨のため組立工場の下敷となって敢えなく無残な屍を曝《さら》した。そして僕たちは翌日から終戦の日まで、倒壊した組立工場の跡片附に使役させられねばならなかったのである。

朝鮮人の徴用工に混って、工場の梁やグライダーの残骸を運搬しながら、僕たちは警戒警報のサイレンを密かに待ち続けた。広い工場の一角に、タコ壺式の防空壕が掘られてあり、動員学徒は警報と同時に待避できる特典が与えられていたからだった。夏草の生繁ったその一角から匍匐《ほふく》前進して鉄条網を外に抜けると、真桑瓜《まくわうり》の畑があることも魅力なのだ。

タコ壺の中は暑苦しかったが、予備役から復帰した老大尉から呶鳴られながら働いたり、休憩時間に葉隠《はがくれ》の精神講話を拝聴させられたりすることに比べると、遥かに楽しく愉快な時間だったのである。併し、その頃の僕にとって、苦痛だったのは炎天下の肉体労働や精神講話ではなく、工場と自宅との往復の距離だった。新堂町の丘の上にあった僕の家から、鷺梁津駅までは順調に行って一時間四十分はタップリかかる。昔は奨忠壇《しょうちゅうだん》公園までバスが走っていたが、そのバスも木炭からアセチレンに切換えられ、そして廃止されてしまった。それればかりか、奨忠壇と黄金町六丁目を結ぶ単線電車も運転中止されていた。

僕は毎朝六時過ぎに起床し、それこそ飯粒を嚙み嚙みゲートルを巻き、雑嚢をひったくるようにして家を飛び出さねばならなかった。三十分を費して辿りついた黄金町六丁目の停留所には、それでも既に蜿々《えんえん》たる長蛇の列が築かれているのだ。そして雨の日を除いては、この停留所で十分以上待たされずに電車に乗れた験《ため》しはなかった。

満員電車に一時間余り揺られることは、想像以上の苦痛があった。僕は退屈凌ぎに、モンペ姿のＦ高女の生徒に眩《まぶ》しい横眼を使ったり、雑嚢に隠している煎豆を他人に気づかれず咀嚼する技術を覚えた。ただ辟易《へきえき》したのは、朝鮮人工員の弁当箱から蒸れて発散する大蒜《にんにく》の匂いである。冬なら兎も角、押され揉まれするスシ詰めの電車の中で、鼻先に突きつけられると逃れようはなかった。鷺梁津方面行の電車には、特に工員や労務者が多く、この異臭だけで僕はゲンナリ疲れてしまう。

鷺梁津駅前の集合地点に、僕たちは午前八時までに待機しなければ、二つの懲罰を与えられることになっていた。定刻の八時になると、トラックが迎えに来て一里先の工場まで手荒く動員学徒を運搬するのだが、集合時間に遅れた者は、その罰として駈足で淋しい山道や南瓜《かぼちゃ》畑の中を走り、八時半までに工場へ到着して申告しなければならない。運悪く八時三十分を過ぎて工場の門を潜ったら、それはもう大変だった。原因がたとえ電車の故障であったとしても、責任感が不足している所為にさせられて、老大尉からコッぴどく膏《あぶら》を絞られたのである。そして遅刻者のもう一つの懲罰というのは、三時の休憩に支給される雑炊にありつけないことだった。意地汚い話だが、僕たちは一日中腹を空かしていたし、この鹹味《かんみ》の利いた雑炊は実際旨かった。遅刻したばかりに、級友たちが鼻の頭に玉の汗を浮かせながら雑炊をすする姿をつくねんと眺めなければならぬ、その無念さと云ったらないのである。

駅前の鮮人部落を抜けると、新しく切拓かれた赤い粘土質の道路が、背後に山を控えながら立塞がった。雨の日は殊に滑りやすいこの急勾配の山道は、トラックのタイヤの痕を刻みながら、ゆるく旋回しつつ山の中腹を縫っている。晴れた朝は流石に爽快な気分だったが、道の両側を埋める松林から油蟬《あぶらぜみ》の合唱が苛立たしく聞えて来て、遅刻者の癇《かん》に触った。油蟬はまるで老大尉の派遣した督促吏のようであった。僕は肚立たしくなって、小石を拾っては松林に投げこんだものである。

油蟬に悩まされながら、淋しい山道を喘《あえ》ぎ喘ぎ越えると、今度はダダッ広い南瓜畑が眼の届く限り眼下に拡がっていた。この南瓜畑の尽きた、あの山の麓にこれから駈足で走り着かねばならぬS滑空機製作所があるのだ、と思うだけで憂鬱になるほどの、自棄《やけ》に広い起伏に富んだ南瓜畑であった。

正直な話、ジリジリ烈しさを加えはじめる八月の太陽に、頸筋を焼かれながら、同じ恰好の朝鮮南瓜がゴロン、ゴロンと転っている単調な一本道を土埃をあげながら走ってゆく気持といったらなかった。侘しさを通り越して、それは堪らなく物哀しい、胸の底から揺すり上げてくるような惨めな気分なのである。

暑さや、軀の疲労や、老大尉の説教が心の負担となる所為でもあろうが、この南瓜畑の一本道を辿って行きながら、その間虐《さいな》まれ続けるであろう侘しさ、惨めさなどの厖大な容積を想像しただけで、それだけで僕はもう尻込みしたくなってくる。そうして、動員をサボるという安易な、その癖何処かヒロイックな匂いすら放っている背徳の手段を、つい選んでしまうのだ。

……いま一つ、僕を不真面目な動員学徒に仕立上げるのに拍車をかけたのは、父の書斎の壁に貼ってあった五万分の一の京城周辺の地図であったことを、告白しておく。

或る日曜日、書斎に煙草を盗みに入った僕は、何気なく地図の傍に佇んでみて、不図《ふと》思い懸けぬ発見をしたのである。地図をみると、毎朝苦労をして通っているS滑空機製作所の位置が、なんと僕の家の真裏あたりに当るらしいのだ。僕は物指で距離を計り、地図の上では僅か四粁足らずなのを確認した。この時の愕《おどろ》きは、僕の軀から凡ての力を吸いとってしまったかのようであった。つまり僕は、一直線で行ける筈の地点に、わざわざコの字型の三辺を往復して通っていたことになる。

そして、無駄な浪費を余儀なくしている元兇は、京城府の中央に聳え威容を誇っている南山公園であった。だが僕は、矢張りコの字の三辺を往復するよりなかった。近道と思われる、地図の上では四粁足らずの直線の間には、標高千米の大硯山や、碧い水を湛えた漢江などが存在していたからである。

この発見は僕をガッカリさせ奇妙な不平を鬱積させて行った。トラックに乗り遅れたとき、南瓜畑を眼の前にして尻込みするとき、僕の口実は決まっていた。

「俺が悪いんじゃァない。京城府の地形が俺を遅刻させているんだ。そして——今日俺がサボった位では、恐らく日本の戦局にも大した影響はあるまい！」

ところで、八月十五日の朝は、僕は決して遅刻したわけではなかった。それどころか、二時間も早く鷺梁津の集合地点に姿を現わしていたのである。もちろん、これには僕なりの理由があった。

この日の正午を期して、古今未曾有の重大発表があるというニュースは、二日前から新聞やラジオで予告されていた。僕がもう少し大人だったら、多分この思わせぶりな古今未曾有という形容詞から、日本の敗戦を嗅ぎつけたかも知れぬ。だが小学生の時分から、硝煙臭い雰囲気で育ち、神州不滅だの八紘一宇だのと日本を神格化する遊戯に慣らされ、この奇怪な習性を骨の髄まで染みつかせていた僕たちである。

その朝、父が洩らした言葉に、若しかしたらと暗い漠然たる不安を唆《そそ》られた僕ではあったが、その大変なことは直ちに日本の無条件降伏という答を導き出しはしなかった。また心の隅に、その種の思考若しくは空想を拒絶しようとする、不思議な努力めいたものが潜んでいたことも否めない事実である。沖縄島の玉砕、広島・長崎に炸裂《さくれつ》した新型爆弾、そしてソ連の満州侵入と、拾い出せば限りない悲観的な材料が出揃っていた筈なのに、僕はまだ軍艦マーチの前奏曲で始まる大本営発表の、景気のよいニュースを期待したがった。

――特攻隊がワシントンを爆撃したのさ。

――いや、本土決戦の重大指令だろう。

――ソ連が北鮮まで入って来たのかな?

その前日、僕たちはそんな他愛もない予想を帰り途で話し合った。誰も日本の敗戦を予想したものはない。神国日本の敗北ということだけは、仲間たちの計算から除外されていた。日本の敗北を口外することが禁忌《タブー》であり、憲兵隊に拘引される惧《おそ》れがあったからでは決してない。考えることが恐ろしかったのかも知れぬ。僕たちは忠実に狎らされた犬であり、恰も盲点の位置に日本の敗北は存在していたのだった。

「なにしろ、古今未曾有の重大発表だからな。一体、なんだろう?」

産婦人科医の次男である七島が、そう云って僕の顔を覗き込むようにした時だった。僕の心の中に、『古今未曾有』という言葉が奇妙な感動を伴いながら、その波紋を拡げて行ったのは。

僕は竹製の吊皮に軀の重味をかけながら、ふッと或る計画を思いついた。僕は遅刻常習犯として、既に仲間たちの定評を得ていたが、明日の朝だけは誰よりも早く集合地点に到着し、機智を誇ろうというわけである。多分、級友たちは一番乗りの僕の姿を発見すると眼を瞠《みは》り、皮肉とも揶揄《やゆ》ともつかぬ挨拶を投げつけて来るに違いあるまい。それを見越しての計画だった。そのとき、僕は胸を反らし悠然と彼等に応酬するのだ。曰く、「古今未曾有」と。——

この挨拶は、寔《まこと》に時宜《じぎ》を得た秀逸な警句として、仲間から喝采を浴び、他校から来た連中にも一躍僕の存在を認めさせるに役立つ筈である。計画は徐々に形態を整えはじめ、永楽町で七島と別れる時分には、スッカリ僕を夢中にさせてしまい、彼の家に寄って分娩の写真を見せて貰う約束すら度忘れしてしまう為体《ていたらく》であった。むかし、一首の和歌をひねり出した為に苦心惨憺して真実性を附着させようとした法師がいたそうであるが、滑稽にも僕はその法師の顰《ひそ》みに倣おうとしていたのだ。有頂天になって僕は、その夜夕食を済ませると早速蒲団の中にもぐりこんだのだった。

真夜中に父が役所から呼び出されるという珍しい一幕はあったが、そのお蔭で僕は何時もより一時間も早く家を出ることが出来た。朝の空気は冷んやりとして爽やかであった。僕は駈足で黄金町六丁目まで走って行った。普段なら長い行列で埋まっている停留所も、今朝は閑散としていて無気味ですらある。そして鷺梁津に着いたころ、漸く太陽が冠嶽山の頂きを薄紫色に染めはじめた。

鷺梁津の集合地点は、朝鮮人部落の入口にある巨きな楡《にれ》の木が目標である。僕は楡の木に凭《もた》れて、刻一刻と変化する朝日の色に見惚れたり、地面で活動をはじめた黒蟻の動きを追ったりして、仲間の姿を心待ちにしていた。

満員電車の中では忽ち過ぎてしまう意地悪な時間が、どうしたことか楡の木の下では一向に進んで呉れないのだ。小学生の時分、集合時間を間違えて心細く待ち続けた記憶が、不意に甦って来たりして僕をますます不安にさせる。やり切れなくなった僕は、腕時計が正確かどうかを調べるために、駅の構内まで行ってみたりした。七時になっても、七時十分になっても、まだ誰も姿を現わさないのだ。僕は業《ごう》を煮やし、聊か後悔しながら、かの能因法師の苦痛を身を以て体験したのである。

太陽が赤い全身を現わして、藁葺の朝鮮人部落の屋根を照らし、洗濯物を籠に入れた老婆が漢江の方角へ歩み出す頃だった。退屈し切っていた僕の視界に、級友らしい人影が飛び込んで来たのである。忽ち僕は元気恢復してしまった。胸すらときめくのであった。だが楡の木を目指してくる、その人影を注視しているうちに僕は弾んだ気分が萎《な》えてゆくのを知った。その人影が、朴念仁《ぼくねんじん》と渾名されている金本甲植だと判ったからである。

金本甲植は富豪の息子で、朝鮮でも名門の家柄だということだった。体格は並はずれて大きく、入学試験の際ただ一人英語に満点をとったというので有名な人物であった。マントや下駄の着用は許されなかったが、それでも弊衣破帽を重んじ奇を衒《てら》う、所謂《いわゆる》蛮カラ趣味が根強く残っている環境の中で、彼だけは帽子も制服も買った時のその儘の姿でキチンと身につけているのだ。この固苦しい服装は胸が詰りそうだった。汗を拭くとき、彼だけは腰に手拭をぶら下げてなかった。ズボンのポケットから取出した手帛で、丁寧に顔や頸を拭うのである。語学や教練が不得手だった反感もあるのだろうが、偽りのない話、その朝まで僕は金本を軽蔑していた。

〈この朴念仁野郎では、諧謔の価値も半減する！〉

僕はすっかり落胆し、俄に吝嗇《りんしょく》じみた気持になって、用意していた台辞《せりふ》を引っこめてしまった。そして僕は金本甲植に向かい、殊更不機嫌な表情をつくりながら、ただ「よう!」とだけ云った。金本は微笑しながら近附いて来た。彼は大男特有の、ちょっと含羞《はにか》んだような瞬きをして僕を見戍《みまも》り、それから僕の胸の内をまるで見透していたように、ズバリと云って退けたのだ。

「ひどく早いんだなア。こんなの——古今未曾有と云うんだね?」

瞬間、僕は耳を疑い、大きくたじろいだ。これでは、まるで話は逆ではないか。なんの為に僕は一時間も早起きして、鷺梁津へやって来たのか! こんなことなら出し吝《おし》みする必要はなかったのである。

巧妙な肩透しを喰って、土俵に匐《は》いつくばった力士が未練タップリ小首を傾げるような、そんな惨めな情景が思い出された。糞真面目一方で、融通も利かずユーモアも判らぬ男だと、内心小莫迦にし切っていた相手だけに、この金本の不意討ちは僕の自尊心を手酷く傷つけた。目の前が暗く澱《よど》み、歯痒さのあまり首筋が顫えるのだった。

唖然となった僕の顔を、金本は不審そうに眺め、それからゆっくり楡の木の根本に腰を下した。そして小型英和辞典を上衣から取出すのである。いまいましさに、舌打ちしたいような気持になって、僕は金本甲植の頑丈そうな広い肩幅を睨みつけた。なんとか痛烈に応酬して置かねば、その日中僕は不愉快な気分で過さねばならなくなる、そんな厭な予感すら漂いはじめるのだが、どうやら時宜《じぎ》を失してしまったようであった。この勝負は完全に、金本甲植のものである。非の打ち処ひとつない、完璧の勝利……。

闇雲《やみくも》に僕は、肚立たしくなった。苛立ちながら僕は叫んだ。

「よせよ！　敵性外国語の勉強なんか」

金本は駭き、怪訝《けげん》な視線であった。

「いけないかい？」

「ああ、気に喰わないね。勤労動員に来てまで、英語の勉強するこたアないだろう」

高飛車《たかびしゃ》な僕の口調に、金本は戸惑ったらしいが、温和しく素直に彼は辞書を上衣に蔵いこんだ。すると僕は、今度は無性に索漠とした味気ない気分に陥るのである。

金本甲植は、僕が日本人だから抗うことなく、理不尽な注文を承知したのではなかったか？　腕力において、僕は金本甲植の敵ではなかった。そして僕の肚立たしさの原因は、彼にはよく判っていない筈である。このような条件の許で唯々《いい》諾々として、僕は相手の云い分に従えるだろうか。彼は、自分が朝鮮人であるという引け目から、支配階級である僕に抗うまいとしたのではなかったか。

もう少し金本が僕に抵抗するような態度を示して呉れたら、さほど煩わしい気分にはならなかったろうが、黙って彼が従ったので薄気味も悪く、反面俺の日本人という部分に気兼ねしているのだな、と妙な詮索をしなければならなかったのである。彼等にとって、朝鮮人であるという理由は、凡てに於いてマイナスを意味していたのだったから。

植民地に育った僕たち日本人の子弟には、「朝鮮人の癖に！」という重宝な言葉が用意されていて、大東亜戦争が始まる頃まではオール・マイティ的な威力を発揮したものだ。内鮮一体とか、一視同仁とか宣伝されてはいたが、子供の頃から養われた朝鮮人蔑視の感情は、金氏、朴氏が創氏改名して金本や木下となっても、仲々消えるものではなかった。それに僕たちは、日本がどんな卑劣な手段を弄して朝鮮を侵略したのかも知らず、彼等がどれほど苛酷な搾取をされ、弾圧されて来たかに就いて、何ひとつ教えられずに育てられたのだ。

進学にしても、就職にしても、彼等はハッキリ日本人と差別待遇された。僕が、同じ日本人だと教えられた彼等に、意識的な同情を覚えさせられたのは、中学生になってからだった。たしか、「青少年学徒ニ賜リタル勅語」奉戴の記念式典の日であった。

その日、朝鮮総督府前の広場には、小学生を除く全京城の学生が校旗を先頭に整列していた。勅語奉戴の後、僕たちは南大門まで分列行進を行い、南山の中腹にある朝鮮神宮に駈足参拝して解散することになっていた。

壇上に現われた南朝鮮総督に対し、「捧ゲ銃《つつ》」の号令がかかったとき、僕は日鮮の間に見事に劃された差別待遇の姿をまじまじと眺めた。僕たちが手にしていたのは、黝《くろず》んだ重い鉄の膚を持つ三八式歩兵銃か、悪いといっても騎兵銃か村田銃であるのに、隣の列の朝鮮人中学生が捧げ持っていたのは、先にタンポのついた木銃ばかりなのだ。

この鉄と木とで構成された捧ゲ銃は、頗る滑稽であった。僕たちの間からは、忍び笑いの色があった。そして彼等は皆恥ずかしそうに肩を落している。僕は胸をつかれ、級友たちの表情を窺った。仲間たちは、優越感を露骨に顔の色に浮かべて、日本人である特権を誇示するように胸を張り肩を怒らしていた。僕はその時、やり切れない、ひどく沈潜した感情に襲われたのだ。その日帰宅してから、僕はこの時の疑問を父に訊き質《ただ》した。父は、「莫迦だな。彼奴たちに鉄砲を持たせたら、一ぺんで暴動が起るじゃアないか！」と云った。「だって、同じ日本人なんだろう?」僕の質問に父は不思議な答え方をした。「いま、日本は戦争しているんだよ」

怎《こ》うした矛盾は注意し出すと、限りなく眼についてくる。僕の経験が無数にあるように、金本甲植もまた限りなく屈辱を体験し、唇を嚙みしめた経験がある筈だった。併し僕は、決して彼等に同情ばかりしていたわけではない。同情とは本来、水の低きに流れるが如く、相手より優位に立たねば施せないものである。だから、譬《たと》えば朝鮮人の女中が生活に狎れて生意気な口を利いたり、父の処へ遊びに来る朝鮮人の客が威張った口調で父と対等に口を利いたりする場合には、僕は内心愧《は》じつつも、必ずといってよいくらい反感を抱いたのである。むろん、それは相手がただ朝鮮人であるという理由に依るのであった。

金本甲植が温和しく辞書を蔵ったとき、僕の胸中に萌したのは、係《かか》る事由から発生した自己嫌悪の念だったようだ。膝の上に頤を載せ、手持無沙汰に宙を凝視《みつ》めている金本の姿を眼の片隅に意識しながら、僕は自責の想いに虐まれた。二人の間に漂いはじめた、一種の気不味《きまず》さは漸く硬化してゆくようである。でも僕は頑《かたく》なに口を噤《つぐ》み、楡の木に凭《もた》れたまま仲間の姿が現われるのを待ち続けた。

新設された軍用道路を挟んで、朝鮮人部落は二分されていた。その軍用道路を横切って、朝鮮人たちが小走りに右側の部落へ入り込んでゆく。その数が、時が経つに従ってますます増え出したことに気附いた僕は、

「なんだろうな?」

と独り語のように呟いてみた。金本は地面の蟻を指で弄《もてあそ》んでいた。僕はもう一度、「な

にか、あったんだろうか?」と云ってみた。金本は眼を挙げて部落の方を見たが、興味なさそうに視線を逸《そ》らし、口を利かなかった。気不味さは最高潮に達していた。僕は金本の反応が、僕に対する憤りに根ざしているのだと解釈すると、途端に気持が軽くなり、ゆっくり足を踏みしめながら山の麓の部落に歩き出したのだった。金本の傍から離れたいのと、この部落に吸いこまれることで内心救われたような気持になりたいという願望を秘めながら、僕は出来るだけ重々しく足を運んで行った。部落へ行って来ても、充分トラックの到着時間には余裕があることを、腕時計で確めながら。

山の麓の広い谷間を開拓して、部落は意外に奥深くまで伸びていた。部落の人々が蝟集《いしゅう》しているのは、奥まった農家の畠先である。僕は背伸びして、円陣の中を覗きこんだ。急拵えの柵のようなものがあり、この囲いの中で代赭《たいしゃ》色の家畜が息を弾ませ、激しく躰をぶっつけ合っている。最初、僕は闘牛なのだと思った。しかし闘牛とは聊か勝手が違ったような気配が感じられる。僕は群衆の背後を廻り、人数の少い処を探して割り込むと、もう一度覗きこんでみた。

……それはまことに、雄壮な光景であった。肉弾相搏《う》つという形容があるが、全くこの形容に相応しい情景であった。つね日頃、ノロノロと車を曳き粘っこい涎《よだれ》を垂れ流して、緩慢な反芻を続けている遅鈍な動作しか見馴れていない僕には、柵の中でめまぐるしく駈け廻る二頭の牛の姿が意外でもあった。牝牛は体の何処に、あれだけの敏捷さと、老獪な知恵を隠し持っているのであろうか。

彼女は兎のように、後肢でピョン、ピョン跳ね廻っては攻撃を躱《かわ》し、背後から襲いかかる牡牛の頸といわず、胸といわず、その太い蹄で、一蹴するのだ。一方、牡牛は彼女から足蹴にされ痛めつけられることに依って、反って情欲を唆《そそ》られ闘志を掻き立てられるもののようである。

素気ない牝牛の拒絶は、飽くことなく彼に与えられていた。しかし牡牛は、いっかな屁《へ》古垂《こた》れる風もなく、すんなり硬直した陰茎を計算もせず、ただ夢中になって突かけ突かけするのである。牡牛は疲労し、牝牛は至極く冷静だった。群衆の一人が癇高い声で牡牛に声援を送った。その朝鮮語はどうやら猥褻《わいせつ》な意味らしく、群衆はどッと笑った。すると牡牛は駭いて、牝牛に飛びつき脇腹を思い切り蹴り上げられたりするのだ。

僕は耳朶が火照《ほて》って来た。妙に気恥ずかしいものと、視線が釘付けになって離れられない、いわば好奇心に対する反撥とが、綯《な》い混って僕を虐みはじめるのだ。始めのうち、僕は腕時計が気になったが、妖しく昂奮を盛り上げてゆく柵の中の闘争に吸いつけられて、時間のことなど雲散霧消し、固唾《かたず》を呑み注視するばかりであった。

早熟だったから、性の知識だけは豊富だったが、このような場面に出喰わしたのは生まれて始めてである。僕は拳を握り緊め、息苦しさを堪えていた。脳天に血が奔騰しはじめ、五臓六腑は毒気にあてられたように痺《しび》れだし、失禁したくなるほど急ぎ立てられた気分になる。……するると、どうだろう。みるみる僕は自分が牡牛に化身して、執拗に牝牛を攻撃し肉迫しつつあるような、奇怪な幻想に陥りはじめたのだった。

牝牛から胸倉を一蹴されると、その苦痛はその儘僕の胸の皮膚に伝わってきて、屈辱に血が飛び散るのだ。巧みに身を躱《かわ》されると僕の躰は前にのめって、眼は血走り相手の姿を喘ぎ喘ぎ見定めるのだ。小莫迦にするのも良い加減にするがいい！　僕の眼は昏《くら》み、翻弄に疲れ果てて、思わず歯軋りしていた。

〈もう、逃しはしない〉と、僕は決心する。だが動悸は牛の皮膚のように大きく波打ち、足許すら覚束ないのだった。そんな僕を揶揄《からか》い、挑発するつもりなのか、彼女はわざと地面に寝転って身悶えするような仕種をしてみせたりする。僕は逆上した。躰が大きく武者震いしたのを汐に、僕はすっかり頭が混乱してしまう。狂ったような激しい衝動が、凡てを忘れさせた。僕は、もう夢中だった。そして「ガーン」と一発。

〈畜生！　覚えていろ、幾ら藻掻いたって、貴様は俺のものだぞ！〉

トラックの時間は既に念頭になく、妖しい昂奮だけが僕を支配していた。虚脱したような姿勢で、僕はこの汨ぐましい雄壮な交尾風景を貪婪《どんらん》な視線で眺め続ける。そして牡牛が、やっと征服者の地位を占めたとき、僕は股間に熱っぽい疼痛を覚えて顔を赧らめねばならなかった。

なんだか僕自身が浅間しくも思えたが、咄嗟に昂奮は冷《さ》めなかった。僕は群衆の輪から離れながら、足が絡《もつ》れたような感じを知った。最早、弥次ったり掛声を投げつける者もなく、群衆の輪は無気味に静まり返っていた。そして獣の昂ぶった息遣いだけが、荒々しく空気を攪拌し、夢遊病者のような僕の足取りを追いかけてくるのだった。

脳裏では、ねばねばした影像が縺《もつ》れ合い重なり合っていた。眩暈《めまい》すら覚えて、僕は立停り息を整えたが、胸の底に情念を掻き立て燃え立たせる赤黒い塊があって、ますます輝きを帯びはじめるのだった。その塊を振り落そうと、僕は衝動的に走り出した。速く走れば走るだけ、その粘っこい妄念が薄れるような気がして、僕は懸命になって走り続けた。

集合地点に着き、楡の木に凭れて足を投げ出しても、まだ僕は興奮から冷め切らないでいたらしい。僕はそれから暫くして、仲間の姿が誰ひとり見えないことに気附いたのだったから。

〈トラックは出てしまったんだ！〉

僕は狼狽し、それから愕然となった。間違いない。腕時計は八時十分を示していた。そして今日の厳しい暑さを予告するように、太陽は澄み切った空で眩しい光線を撒き散らし、楡の木の影を黒く地面に落していたのだった。僕は苦り切って舌打ちせずには居られない。これこそ古今未曾有の遅刻ぶり、と心の中で道化てもみたが気分は弾まなかった。

再び、グッタリと根許に腰を下ろした僕は、意気鎖沈して暫くは動く元気もなかった。誰にも姿を見られてないなら兎も角、あの融通の利かぬ金本甲植と顔を合わせている以上、僕は動員を怠けるわけにはゆかなかった。ギラギラと烈しい熱を加え出す太陽を見挙げながら、僕は今から歩いてゆかねばならぬ南瓜畑の道の暑さを考え、こんな道化役者の地位に追いこんだのは、そうだ、金本の奴なのだと思って歯軋りした。

一時間も早起きし、苦心を重ねて使おうと計画した僕の大切な洒落を、断りなしにポイと吐き捨てやがった男——金本甲植。みんな彼奴の所為だ。全く生意気な野郎だぞ、彼奴は。僕は心の中で金本に対する悪口をぶちまけながら、起ち上る気力も喪って頭を抱えこんでしまう。

「トラック、出たらしいね」

そんな長閑《のどか》な声が頭の上から聞えたとき、僕は吃驚して跳ね上った。顔をみるまでもなく、その訛《なま》りのある言葉は、今の今まで逆恨みし続けていた金本甲植の声だったからである。白昼夢でも見ているような、狐に誑《たぶら》かされたような気分で、僕は忙しく瞬《まばた》きをしなければならなかった。

愕きを隠しながら、僕は訊いた。

「きみも、牛のアレを見てたのか？」

「うん、まアそうだな」

金本は曖昧に言葉を濁し、顔を僅かに赧らめたのだった。それを目撃すると、僕は躰中に喜びが渦巻き、爆発するかと思った。くックくッと笑い声を挙げながら、僕は上機嫌で叫んだ。

「さア、この古今未曾有の遅刻を記念して、ボート漕ぎに行こうぜ！」

僕たちは口笛を吹き吹き、漢江の大鉄橋を目指して歩き出した。僕は愉快だった。この朴念仁で知られた金本甲植を、今日の共犯者にし得た喜びが密かに胸を疼《うず》かせるのである。それは神聖なものを瀆《けが》すような、ひどく残忍な快感ですらあるようだ。相手の羞恥心を剝ぎ奪り、楽しい共犯者に仕立上げるために、僕はわざと先刻の交尾風景を露骨に描写したりした。しかし、それは僕の取越苦労と云うものだった。金本甲植は想像以上の、所謂話せる男だったからだ。

ボートに乗るなり、金本は上衣の内ポケットから煙草を摑み出し、器用に燐寸《マッチ》を擦ってみせた。そして深々と吸いこむなり、彼は眼を細めて云ったのである。

「うまいなア、前門《チェンメン》は……」

前門というのは、支那産の高級煙草で僕たちには滅多にありつけない代物だった。金本は中学生の頃、配属将校から服装を検査されたとき、前門を所持していて巧みに誤魔化した話をして呉れた。彼は平然と、父親が珍しい煙草だから配属将校殿に裾分したいと云ったので持って来た、と主張したのだそうである。すると、配属将校は相好を崩して「そうか。よし！」と簡単に釈放したという。

「これも前門のご利益さ、他の煙草だったらこうはゆかない……」

僕は金本の巧みな機智に感嘆した。発見された煙草で、鬼より恐い配属将校を買収したのだから凄い手腕であった。となると彼の固苦しい服装も、教師の眼を誤魔化す小道具らしいと看破らざるを得ない。金本甲植は、僕が想像していた以上の悪漢だったのだ。

「僕はね、悪いことする時はたいてい一人で実行するんだ。単独犯が一番発覚しにくいからね。だって僕が煙草喫ったり、サボって映画に行ったりするの、知らなかったろ！」

僕の誘導訊問に、俄に雄弁になりはじめた金本甲植を見戍りつつ、僕は開いた口が塞がらなかった。とんだ朴念仁だったわけである。彼の説に依れば、京城中で最も監視の目の行き届かないのは、昌慶苑だそうだ。成る程、あれだけ広い李王家の庭園なら人眼を避けられ、しかも動物園や博物館などの施設もあって退屈しないだろう。僕は金本を改めて見直さないわけにはゆかなかった。

併し感心している許りでは、沽券《こけん》にかかわる。それで僕は、彼の出鼻を挫くために狡く笑いながら、

「女の味知ってるかい？」

と訊いた。金本が知らないと云ったら、僕は知識の凡てを曝け出して駄法螺《だぼら》を吹きまくり、溜飲を下げる積りだった。ところが予期した反応が現われないのだ。金本は黙ってニヤニヤした。照れ臭さとも、愧《はずか》しさともつかぬ、へんに翳《かげ》のある笑い方だった。僕は顔の色を変えた。本能的な素早さで、僕は彼が既に知っていることを嗅ぎつけたのだ。

僕は羨しさの余り息が詰り、思わず絶句してしまっていた。〈この男は、なにもかも知

っている！〉それは羨しさと云うよりは、どちらかと云えば嫉《ねたま》しさに近い感情であったろうか、僕はまじまじと相手の皮膚に見入った。凝視《みつ》めれば凝視めるほど、自信たっぷりな、満足し切った金本甲植であった。彼には僕のような性の悩みも、未知に対する執拗な憧れも発見できないのだった。〈こいつは、大人なのだ……〉顔を赧らめ、口籠りつつ僕は卑屈に訊ねた。

「淫売窟かい、それとも……」

すると金本は、忙しく瞬きして力無く微笑い、「此処だけの話だけど、僕にはもう嫁さんがあるんだ」と憂鬱そうに吐き捨てた。嘘ではなく、本当に彼には妻がいるらしいのだった。もちろん戸籍には載らない。朝鮮の風習上の妻である。

朝鮮では貴族のことを両班《ヤンバン》と称したが、この両班の家庭では嗣子は誕生せぬ前から第一の妻が決められて居り、金本もそうした宿命を身に負って誕生したのだという。結婚しない男子は総角《チョンガー》と云って成人扱いされないこの国では、早婚の風が強く、彼は十三歳の時、十八歳の女を妻に娶《めと》ったらしい。つまり第一の妻は、小学六年生の夫に貞淑に仕えなければならなかったのだ。

淡々と語る金本甲植の口許を凝視しつつ、僕は羨望と嫉妬の虜になってしまっていた。

生唾がたまり、その癖咽喉がカラカラに乾いているような気分であった。そして金本の軀は俄に眩《まぶ》しく膨れ上り、僕を威圧するようでもあった。

「そして童貞を失ったのは、何時？」

「もう、よそうよ、こんな話……」

金本は退屈したような、投げやりな口調だった。その十九歳だとは思えぬ落着き払った物腰からは、未知な世界を探険した大人だけが持っている、不思議な倦怠感が匂ってくる。哀願するように再び質問の矢を放った僕を、彼は憐れむような瞳の色を泛べて覗きこみ、静かに苦笑を洩らしてもう二度と取合わなかった。


正午を廻ってから、僕は竜山駅前で金本甲植と別れた。散々漕ぎ廻った後なので僕は疲れ切っていた。電車で本町入口まで来て、僕は汗を拭いながら商店街を抜け、喜楽館という映画館に入った。(余談だが、僕はこの劇場の最後の客だったかも知れない。なぜなら翌日、この喜楽館に少年航空兵が愛機諸共《もろとも》突込んで自爆し、劇場が吹ッ飛んだからである。また金本甲植とも、その日が最後になった。親日家の富豪で知られた彼の一家は、終戦後間もなく暴徒に襲撃され、惨殺されたのである。)

劇場の内部は、何時になく閑散としていたし、そのために涼しいのは拾い物だったが、電圧でも低いのか、映画は何度も中断されては上映された。映画は勤皇を絡《から》ませた股旅物である。しかし僕は、金本甲植の意味あり気な微笑や牛の激しい闘いぶりが瞼にちらついて、素直に映写幕《スクリーン》に没入できないのだった。

暗闇の中で僕は不図、今朝目撃した牝牛と牡牛のなまなましい情欲を思い泛べる。すると、瞼に灼《や》きついている情景の一齣一齣が素晴しい速度で回転しはじめ、みるみる大脳の皺を濡らし襞《ひだ》を粘っこく浸しはじめるのだ。軈《やが》てその情景は、金本甲植が年長の妻に愛撫される、淫らな空想を膨れ上らせてゆく。

映画が中断される度に、僕はベタベタ貼りついてくる妄念の虜となって、思い切り椅子に腰を埋め眼を瞑《つむ》って逆わなかった。退学処分も、道徳も法律も、そして羞恥もないただ本能の赴くまま自由に振舞える獣の世界、僕は今、魔法使の杖に触れて自ら牛馬に化身したいと真底から願った。

あの獣の荒々しい息遣いが、鼓膜の奥で喘いでいた。老獪な媚態をみせた牝牛の恥部が、漆黒の闇の世界で朱い花弁をひろげ、誘惑の甘く狂おしい香気を放っていた。〈ああ、知りたい！〉と僕は思った。それが未知であるだけに、そして禁断の果実であるだけに、僕の情念は途轍《とてつ》もなく燃え熾《あが》り、僕の軀の芯を疼《うず》かせるのだ。――この情念は、四六時中僕を捉えて離さなかった。それは何時でも、何処でも、自分の置かれている環境とは無縁に、忽ち僕をその世界に誘導してゆき、七転八倒するような苦悶の陥穽に抛《ほう》り込む。僕は自分の健康な、そして人一倍欲望の激しいらしい軀を持て剰し、そして呪った。だが考えてみると、僕の場合その煩悶の正体は肉体的なものではなく、寧ろ僕が好んで誘われてゆく妄念の世界に胚胎していた。

僕は女体に憧れる。それは恰も飢えた狼のような貪婪《どんらん》な欲望だった。僕たちだって、明日にも戦場に駈り出されるかも知れないのだ。焼夷弾を浴びて、一時間後に即死しないと誰が保証できるだろうか。既にソ連軍は、北満を席捲し関東軍は苦戦を重ねているという噂ではないか。

今朝、遽《あわただ》しく身仕度して出掛けて行った父が、靴箆《くつべら》を手にしながら洩らした言葉が浮び上り、僕はその大変なことがソ連軍の満州占領だったらどうなる、とボンヤリ考えたのだったが、この想像は僕の苛立ちに油を注いだ結果となった。鬚の濃い、魁偉《かいい》な体軀と容貌を持ったソ連兵。空想の世界に登場した彼等は、コサック騎兵のような黒く厚い帽子をかぶり、銀色のサーベルの尖は赤く血塗られ、そして精悍な馬の嘶《いなな》きと蹄鉄の音を伴っているのだった。〈そうだ、時間はない！〉新しく一つの情景を甦らせながら急に募りはじめた焦躁と共に僕は心に呟いた。それは兵隊たちが、淫売窟の前に行列している光景である……。

本町五丁目から東五軒町に抜ける坂の上に、高野山別院の大伽藍と、朝鮮人淫売婦の住む色街とが背中合わせに存在していた。寺と淫売窟という皮肉な対照から、何時とはなしにこの坂を極楽坂と俗称したらしいが、それは或る日曜の午後、僕が古本漁りに出掛けた時のことだった。極楽坂には、例に依って兵隊たちの行列が続いていた。さほど珍しいことではなく、至極見馴れた風景だったので、僕は意に留めず坂を下って行こうとしたのだ。ところが僕は行列の最後尾近くに混っている一人の男を発見すると、強い衝撃を受け、思わず立停って視線を釘付けにされずには居られなかった。

それは褐色のジャンパーを着て、白い絹のマフラーを無造作に首に巻きつけ、半長靴を穿《は》き昂然と腕組みをしている、一人の少年航空兵であったのだ。年齢も僕よりは二つ三つ下らしく、紅い薔薇を連想する頬の色が正直に少年を物語っていた。彼は靖国特別攻撃隊の基地である、金浦飛行場から遊びに来たのに違いなかった。中年過ぎの野暮ったく軍服を着こなした補充兵ばかりの行列の中で、彼だけは颯爽と凜々しく、痛々しいほどの若さを溢れさせているのである。

僕は咄嗟に反感を覚えた。大人の仲間入りをして、公然と淫売婦を買おうとしている少年航空兵の、背伸びした姿勢に羨望と反撥を感じたのである。僕は激しく動揺した。そんな僕の気配を察知したのか、彼は思い懸けず挑むような視線を僕に向けて来た。

彼は唇許に不敵な微笑すら漂わせて、一瞬喧嘩でも売るような荒々しい眸の色になったが、僕が視線を反らし歩き出すと、行列から矢庭に一歩はみ出し、

「オーイ。何しちょるかア！　もう少し、敏速にやれえ、敏速に！」

と最前列に向かって呶鳴ったものだ。彼の言葉に応じて、最前列から何処か揶揄《やゆ》の調子をこめた返事が大きく聞えて来た。

「年を老ると、長くなるんでありまアす！」

行列の補充兵たちは、どッと笑った。その淫らな笑い声の中に、自嘲と照れ臭さが入り混っているのを僕は嗅いだ。そして少年航空兵の方を振向いたのだが、その時彼は最前列を目指して駈け出す所だった。彼は急に停止すると、憤懣やる方ないといった表情を背中に示し、歯噛みするような口吻で絶叫したのだった。

「莫迦ッ！　時間がないんだ！」

その少年航空兵の抗議は、再び僕の足を釘づけにさせた。僕たちは、決して彼を嗤《わら》えないのだ。それは感動というより、慄然と表現した方が正鵠《せいこく》を得た言葉だったか知れない。燃え尽きようとすると蠟燭が、一瞬、残された全精魂を傾注してパッと輝き太い焔で終焉を飾るように、その航空兵の軀からは、必死の足掻《あが》きめいた哀しい光芒が放たれているのを知ったのだったから。

〈――あの航空兵は、童貞だったろうか〉

暗闇の中で、僕は彼の挑むような瞳の色、不敵な微笑、若さを象徴する頬の色、そして絶叫を、反芻していたのだった。

「時間がない。」それは僕たちの合言葉ではなかったか。暗闇に仄白く浮かぶ映写幕を凝視しながら、僕は途方もなく苛立って行った。

決して僕は、銃を把《と》り死に直面することが怖かったのではない。ただ、死に就いて思惟を重ねたり、意義を見出すのは億劫であった。僕には、死は一陣の風のようにも思える。眼を瞑ってさえ居れば軀の中を吹き抜け、颯《さ》ッと魂を攫《さら》ってゆくのだ。不思議なことに、僕が死の苦悶に就いて想いを馳《は》しらせるとき、その苦悶の裏側には、必ず女体の妖しい戦慄が感ぜられた。僕の潜在意識の中に、あの少年航空兵の言動が知らず沈潜していて、密かに極楽坂の淫売窟に並ぶことを希《ねが》っていたのかも知れない。

刻々と悪化する戦局に、僕は巨大な渦を感じていた。僕たちは途方もなく巨大な、戦争の渦に巻きこまれているのであり、その中で押し流されている木の葉の如き存在でしかない僕たちが、この渦の性格や方向を詮索したり分析してみても、所詮は徒労なのだと、本能的に悟るものがあった。渦を静止させ、方向を変えられないとしたら、より尠い被害を願い、残された生命により享楽を与えた方が賢明ではないだろうか。そして僕には、まだ経験して置かねばならぬことが、山のように残されていたのだ、異性に対する未練——いや、執着はその中でも擢《ぬき》んでていた。

併し、僕たちの時代には、恋愛から発展する正規のコースは許されていなかった。だとすれば、残されたのは感情を無視した最も安易な道だけである。思念の中では頗る蠱惑《こわく》的な輝きを帯びる極楽坂の淫売窟も、いざ決意して出掛けて行くと僕を臆病にさせ、素通りさせるだけだった。燈火管制で真暗いその淫売窟あたりからは、不潔な臭気が漂ってくるような気もして、張り詰めていた気持を萎《な》えさせるのである。多分、僕はあの少年航空兵のような状態に置かれない限り、勇気と決断を与えられないだろう、と思った。その状態が到来することは幾らか恐ろしかったが、勇気を与えられ、未知なものを体験する興味の方が価値は勝っているように思えた。

眼を瞑って、前の座席に靴の踵をもたせかけながら、僕はその時に展開されるであろう情景を、出来るだけ粘っこく思い描いてみるのだ。だが、ある線までくると想像力は中断し、戸惑ってしまう。そして抽象的な想念だけが僕を支配するのである。それは漆黒の暗闇の中で、形態の定かでない朱い襞のようなものが、息づき焔のように揺らぐ、そんな想念のようであった。ああ、牛になりたい。僕は息を弾ませ、聾え死と背中合わせだっても構わない、俺は知らねばならぬのだ、と思った。あの今朝の牡牛のように逞しく、羞恥も葬り捨てて奔放に未知なものを眼で見、指で触れ、官能に一切を委ねたい……。

映画が中断される度に、僕は理性の力ではどうにも律し切れぬその妄想の世界に引擦り込まれて行った。耳の底で、牡牛と牝牛の切迫した息遣いがたゆたい、金本甲植の大人っぽい表情が瞼の裏を横切っては消えた。畜生、あの金本だって女を知っているのじゃアないか、僕は自分でも合点のゆかぬ苛立たしい感情に包まれ、今こそ極楽坂の淫売窟を訪うべきだと思った。この決意は徐々にその堅固さを増して、映画館を出る頃には動かし難い至上命令のように僕の心に巣喰っていた。幸い定期入れの中に、母が空襲などのまさかの場合に備えて持たせて呉れた百円札がある。ソ連兵が侵入して来るのだ。明日にも僕たちは強制的に召集されるだろう。最早、躊躇すべきではないのだ。昂然と眉を上げて極楽坂に並ばねばならぬ。僕は沸々と煮え滾《たぎ》る情欲に翻弄されながら、夕焼に赤く染った極楽坂の風景に心を飛ばせていた。

映画館を出たとき、僕は獣のように荒々しい男に変貌していた。擦れ違う通行人の誰もに、思い切り肩をぶっつけたいような、そんな衝動を僕は何度か耐えた。戦場に赴く兵士のように僕は悲壮な気分で、ポケットの百円札を固く握りしめながら肩を怒らせて歩いて行った。

そんなとき、昭和通の角で久武と遇ったのである。

「よお、どうだったい、今日は？」

この僕の短い挨拶の中には、雑多な意味がこめられてある。バツの悪さを誤魔化しながら、金本と僕の悪事が露顕しなかったかを訊いていた。だが久武は挨拶には答えず、黙って白い眼を向けたのだ。その白い眼をみると、僕はたじろいだ。久武のその表情には、不愉快な記憶があった。

久武と僕が卒業した中学校では、昼休に裸体操を行う有名な伝統があって、全校生徒はもちろん、校長までがパンツ一つで十五分間を過した。久武と同じ級だった三年生の秋のことである。裸体操が終って解散の号令がかかると、久武がニヤニヤしながら、しかも級友たちの耳に入るような弾んだ声で、

「オーイ、みんな！　此奴は昨夜、夢精しやがったど！」と叫んだのだ。僕は慌てた。健康な中学生なら、誰にだってある生理現象だが、正面切って報告されると矢張り気恥ずかしい。久武は裸体操の最中に僕の猿又を観察し、眼敏く昨夜の痕跡を発見したのだろうが、実を云うと僕は、その気恥ずかしい汚点を誰の眼からも隠蔽するために、可成り気を配って十五分も費していたのだった。そうでなくとも、その夜汚れた下着を洗濯籠に入れねばならぬことで、僕は朝から鬱々として愉しまなかったのだから、久武から汚点を指摘されたとき、狼狽は頂点に達し聽て怒りに変った。僕は猛然と叫んだ。

「おッ、久武の奴は夢精が珍しいらしいぞ！　久武を解剖しろ」

級友たちは面白がって、逃げ廻る久武を裏山の射撃場まで追いつめ、その土手で厭がるのを無理に解剖した。上半身を抑え付けた僕の腕の下で、不意に抵抗を中止した久武は憤怒にギラギラ燃える、その白い眼を僕に据えて来たのだ……。

久武は白い眼を僕に向けて暫く口を利かなかった。彼にしてみたら、日本の敗戦も知ら

ず呑気な質問をして来た僕が肚立たしかったのだろう。彼は蒼い顔をしていた。そして眼は充血していた。

「貴様みたいな奴がいるから、日本は負けるんど！」

ややあって久武の口から洩れたのは、こんな言葉だった。僕は尠からず驚かされた。

「なんだって？　もう一度云ってみろよ」と僕は狡《ずる》く笑顔を用意しながら云った。悪質な冗談だと思ったのだ。「サボって許りいるから、恁《こ》んな大切なことも、知らんだろう！　戦争は終ったよ！」久武の言葉が終るか終らない中に、僕は何故か狂暴な嵐に揉みしだかれ、目の前が赤く炸烈したような気がする。囈言《うわごと》のように、「非国民！」とか、「終るもんか！」とか僕は口走ったようだ。僕にとってはその時、日本が戦に負けたという青天の霹《へき》靂《れき》のような事実よりも、戦争が終ったという現象の方が口惜しかったのである。それは今朝の異常な見聞から始まって、映画館の暗闇の中で放恣《ほうし》な妄想を繰り展げ、断乎たる決意にまで僕を追詰めた或る計画の挫折を意味するものであった。

混乱から醒めると、久武は仰向けに鋪道に仆れ、左の掌を顎のあたりにあてがっていた。僕はどうやら、彼を殴りつけたらしいのだ。夕陽がプラタナスの街路樹の影を長く鋪道に落し、久武の蒼白となった横顔を無気味に浮き上らせる。再び僕は混乱した。僕はわけも判らず、「やい、貴様！」と呶鳴った。次の言葉は泛んで来なかった。僕は狼狽し、もう一度、「やい、貴様！」と云って、絶句した。寝転った儘の姿勢で、久武は身じろぎもしなかった。瞋恚《しんい》のこもった瞳の色だけが光り、昂奮のため口も利けない風情である。肩を聳かし久武を睨みつけながら、漸くの想いで僕は云った。「戦争は、終るもんか！」

　だが、語尾は弱々しく顫えていた。父の呟いた大変なことの正体が、古今未曾有の重大発表という意味が、素直に納得できたからだった。でもしかし、日本の敗戦という事実を知っても、僕は動揺も覚えず、悲しさも伝って来ないのだった。何もかも終ったのだという、安堵めいた感情が堰切って押し寄せはしたが、妙に機会を喪ったという哀惜の念が奔騰して来て、僕を空虚に佇ませ続けるのであった。昼間あれほど僕を虐《さいな》み続けた暗い情炎の焔が、未練気に僕に纏りつき燻《くす》ぶるのだ。僕は牡牛の荒々しい息遣いを、ハッキリ耳の傍で聞いていた。牝牛の烈しい足蹴を胸や腿の皮膚で感じていた。僕は極楽坂の淫売窟を、そして金本や少年航空兵の顔を思い泛べ、「戦争は決して、終らせるもんか」と呟いた。だがその声音の、なんと弱々しかったことか！

（完）

解説

渡邊一民

梶山季之は一九七五年に四十五歳で夭折したとはいえ、一九六〇年代から七〇年代にかけ推理小説から企業小説、ラジオ・ドラマから捕物帳と、広い分野で一世を風靡した流行作家であった。彼は一九三〇年にソウルで生まれ、敗戦により朝鮮から引揚げてきた植民地二世である。そのため梶山の文学的出発は、朝鮮を主題とする小説によりおこなわれた。本書は、その梶山季之の朝鮮小説を代表する、初期の三篇を収めている。

一九七〇年前後は、日本で育ち日本の植民地政策ゆえに母語を奪われた在日朝鮮人作家の作品が一斉に開花したばかりか、敗戦で引揚げてきた植民地二世の作家がほとんど同時に作品を書きだした、近代日本の文学史上画期的な意味をもつ時代であった。このとき登場した植民地二世の作家といえば、日野啓三、古山高麗雄、後藤明生らが挙げられるが、梶山季之も彼らと同世代である。にもかかわらず梶山が、小林勝とともに、すでに六〇年代はじめから文壇に登場していたというところに、植民地二世作家としての梶山季之の独自性があると言えるかもしれない。

たとえば五八年の「性欲のある風景」(『新思潮』二月号)である。これは十九歳の「僕」の奇妙な八月十五日の物語だ。正午に重大放送があると予告されていたこの日、「僕」は動員先へいく途中、朝鮮人部落で牛の交尾に見とれてトラックに乗りおくれ、おくれた同士の朝鮮人の同級生金本と工場をサボってボート遊びにうち興じ、昼すぎからひとり映画館にはいって夕方までをすごし、帰途出会った級友からはじめて敗戦のことを聞かされると、狂暴な嵐にとりつかれたように「非国民!」と相手を殴り倒した。その一日は同時に、朝の激突する牡牛と牝牛、妻帯しているとはじめて聞いた金本の性生活をめぐる妄想、淫売窟の行列の最後尾から早くしろとせかせたあげく、「莫迦ッ! 時間がないんだ!」と叫んで先頭めざしてかけぬけた、「僕」より二つか三つ年下の白い絹のマフラーをした少年航空兵の記憶、そうしたものが、あすにでもロシア兵が侵入してくるというさし迫った死の脅威とひとつに融けあい、「僕」の性欲を異常に昂進させ、これまでためらっていた淫売窟にいくという断乎たる決意を「僕」に固めさせた、その間の経緯とかさなりあうのだ。そしていま、「日本の敗戦という事実を知っても、僕は動揺も覚えず、悲しさも伝って来ないのだった。何もかも終ったのだという、安堵めいた感情が堰切って押し寄せはしたが、妙に機会を喪ったという哀惜の念が奔騰して来て、僕を空虚に佇ませ続けるのであった。昼間あれほど僕を虐み続けた暗い情炎の焔が、未練気に僕に纏りつき燻るのだ。」「僕」は仰向けに倒れている級友の蒼白な横顔を見ながら、「「戦争は決して、終らせるもんか」と呟いた。だがその声音の、なんと弱々しかったことか！」と、この作品は結ばれる。

「性欲のある風景」を他の植民地二世の作品と大きく異ならせているのは、彼らにとってとりわけ歴史の転換点として大きな意味をもった八月十五日が、そもそも出発点なのか到達点だったのかというところにある。たとえば梶山とおない年の日野の「喪われた道」では、敗戦直後のソウルをさまよい朝鮮人中学生に殴られ、雑木林で日本兵の首吊り屍体を見た少年は、「本来この土地の人たちはぼくを追い立て、本来そこがぼくの土地であるはずの海峡の向う岸の人たちは、ぼくを迎えないだろう」と思う。また小林勝の「蹄の割れたもの」の「ぼく」は、八月十五日の数日後、旗をもった行列のなかに女中のエイコを認めて思わず「エイコ」と声をかけると、「あたしはオクスニ、そして、あんたは、チョッパリ[注]」と突き放されるのだ。けれども「性欲のある風景」の「僕」は、敗戦という事実ではなく、みずからの性欲の築きあげた虚構の崩壊にあくまでもこだわりつづける。そしてそこにくっきりと浮かびあがってくるのは、不条理な時間の流れにたいする、青春の精一杯の悲愴な抵抗の姿にほかならない。

このような梶山季之の姿勢は、他の植民地二世作家が敗戦にはじまるおのれの生の問題をどこまでも追究していったのにたいして、梶山が「性欲のある風景」以外、敗戦にかかわる個人的経験をけっして作品に書きこまなかったところに、具体的にあらわれていると言うことができるであろう。といっても、たとえば後藤明生の語る――「敗戦は、朝鮮人にとってはすなわち解放であり、国家の消滅によってわたしたちの置かれた、完全な無防備、無保護の状態における危険と困惑は、戦争による被害ではなくして植民政治というものの当然の報いとしての、罪と罰だったのである」(「夢かたり拾遺」『季刊三千里』一九七六年八月)といった、植民地二世の共通して抱懐する罪障感が梶山に欠けているというわけではない。ただ梶山季之はその究明を、日本の統治がもっとも苛酷をきわめた時代を舞台としてフィクションに造型することによってはたしたのである。すなわち、南次郎の三六年の朝鮮総督就任ではじまる――日本語常用を布告し、三七年には「皇国臣民ノ誓詞」を決裁し、三八年には中学における朝鮮語教育を廃止するとともに、特別志願兵令を出して朝鮮人の大学・専門学校生に志願兵となることを強制し、三九年には朝鮮人の強制連行に着手するとともに創氏改名を決定し、四二年には徴兵令が制定される、そのような時代が梶山の朝鮮小説の舞台となるのだ。

「族譜」は、五二年に『広島文学』に掲載され、その後大幅に加筆されて六一年九月に『文学界』に発表された、創氏改名を主題とする作品である。創氏改名は、たんに朝鮮人の氏名を日本式に変えるだけではなく、民族を民族たらしめる根拠ともいえる朝鮮伝来の家族制度を廃絶せしめるものであって、朝鮮語抹殺をはかる日本語常用化とともに、いわば日本の植民地政策の根幹をなすものであった。ここでは、徴用のがれに道庁につとめた画家「僕」の眼をつうじて、それが描かれる。旧家で大地主の当主薛鎮英が、親日家であるにもかかわらず七百年の歴史ある家名を守りぬこうと、権力のさまざまな圧力に抗しつづけ、ついに幼い孫にたいする学校をつうじての威嚇に屈し、創氏改名に同意した夜みずからの命を絶つという物語だ。読者は、そこに展開される植民地統治の実態に慄然たる思いにとりつかれながらも、創氏改名の担当だったとはいえ、ひそかに薛親子の力となり、薛の死を知って職を辞し、三ヵ月後、見送りをいっさい断わって、ひとり「どこか贖罪に似た、寧ろ晴々とした気持」で召集令をうけ戦地へ発っていく「僕」の存在に、わずかに慰めを見いだすであろう。

六三年三月の『別冊文藝春秋』に掲載された「李朝残影」も、舞台は太平洋戦争開戦前後だが、とりあげられるのは、日本の植民地政策を一時挫折させた一九一九年の朝鮮独立運動に際して、陸軍のおこなった民衆虐殺として国際的にも指弾された堤岩里事件である。「日本人の男とは寝ないと宣言し、あらゆる権力に反抗している」、伝統的な宮廷舞踊の名手、妓生《キーセン》の金英順をモデルとした絵が八分どおりできあがった日、女学校の図画教師の野口のアトリエで、アルバムを見ていた英順は、突然それをキャンパスに叩きつけて逃げだし、二度と野口のまえに姿をあらわすことがなかった。アルバムに父のむかしの写真が貼ってあったことから、野口がひそかに調査した結果、父がかつて堤岩里の守備隊長ではなかったかという疑惑に苦しめられることとなる。玉順の本籍は堤岩里で父がいないのだ。三十号の『李朝残影』は完成し、鮮展で特選第一号の栄誉にかがやく。ところがそれを見た朝鮮軍参謀長が、かつて言いよって玉順にはねつけられたがゆえに、憲兵隊に命じ、教師風情で妓生を描くとは時節がら非常識だといって拉致せしめ、アトリエの家宅捜査で見つけた独立運動関係の文書を証拠に、題名が李朝の存続を願うものだと難癖をつけた。しかるのち穏便にすますから画題をかえろと迫り、では無題にするとこたえると、野口は殴打され留置場に入れられる。翌朝、憲兵から、おまえの父は守備隊長としてかつて武勲をあげた人だとはじめて聞かされ、父がやはり英順の父を殺していたことを知って、涙が野口の頬を濡らした。憲兵が口調をやわらげ題名をどうするかとふたたび訊ねると、やはり変えない、変えたくない、そのかわり特選は取消してくれと、彼は言った。「次の瞬間、彼の体は横転していた。でもその皮膚に伝わった苦痛は、決してただの苦痛ではなかった。金英順の顔が、幻のようにすぐ近くにあった。」

「族譜」も「李朝残影」も、そこに描かれている朝鮮の歴史や風俗の細部にいたるまで作者の神経がじつにゆきとどいているばかりか、全体がみごとに構成され、きわめて完成度の高い古典的風格をそなえた作品である。あまりにも早くこの二つの作品を書いたため、そのあとがつづかなくなったと言いたくなるほどだ。

もっとも梶山季之は、「日韓併合前後から、朝鮮動乱までを、日本人の家庭と、韓国人の家庭を通して、眺めてみたい」(「京城《ソウル》よ　わが魂《ソウル》よ」『太陽』一九六五年三月号)というライフワークの夢を早くから育くんでいた。そして一九七一年暮に休筆宣言を出したあと、ライフワークにとりかかる予定だったことは、死後残された長篇『積乱雲』の書きかけの原稿の存在からもあきらかなのだ。しかし彼の文学的門出を飾った彼の愛する朝鮮が、そのライフワークとして結実することはついになかったのである。すでに見たように、その朝鮮小説が他の植民地二世作家たちとは異なった、独特の作風を見せていただけに、わたしには梶山季之の早すぎた死があらためて惜しまれてならない。

（わたなべ　かずたみ　フランス文学者）

注　チョッパリ　朝鮮語で「犬に劣るけだもの」の意味。

〈編集付記〉

本書には、差別等にかかわる現在の観点から不適切な表現があるが、本著作が書かれた時代性や原著者が故人であることを考慮して、原文どおりとした。

（岩波現代文庫編集部）

本書は岩波現代文庫版として新たに編集された。本書の底本には『わが鎮魂歌／李朝残影 他』（梶山季之自選作品集⑧、集英社、一九七三年）を用いた。

族譜・李朝残影

2007年8月17日　第1刷発行
2011年4月15日　第5刷発行

著　者　梶山季之《かじやまとしゆき》

発行者　山口昭男

発行所　株式会社 岩波書店
〒101-8002 東京都千代田区一ツ橋2-5-5

案内 03-5210-4000　販売部 03-5210-4111
現代文庫編集部 03-5210-4136
http://www.iwanami.co.jp/

印刷・精興社　製本・中永製本

ISBN 978-4-00-602123-8　Printed in Japan

岩波現代文庫の発足に際して

新しい世紀が目前に迫っている。しかし二〇世紀は、戦争、貧困、差別と抑圧、民族間の憎悪等に対して本質的な解決策を見いだすことができなかったばかりか、文明の名による自然破壊は人類の存続を脅かすまでに拡大した。一方、第二次大戦後より半世紀余の間、ひたすら追い求めてきた物質的豊かさが必ずしも真の幸福に直結せず、むしろ社会のありかたを歪め、人間精神の荒廃をもたらすという逆説を、われわれは人類史上はじめて痛切に体験した。

それゆえ先人たちが第二次世界大戦後の諸問題といかに取り組み、思考し、解決を模索したかの軌跡を読みとくことは、今日の緊急の課題であるにとどまらず、将来にわたって必須の知的営為となるはずである。幸いわれわれの前には、この時代の様ざまな葛藤から生まれた、人文、社会、自然諸科学をはじめ、文学作品、ヒューマン・ドキュメントにいたる広範な分野のすぐれた成果の蓄積が存在する。

岩波現代文庫は、これらの学問的、文芸的な達成を、日本人の思索に切実な影響を与えた諸外国の著作とともに、厳選して収録し、次代に手渡していこうという目的をもって発刊される。いまや、次々に生起する大小の悲喜劇に対してわれわれは傍観者であることは許されない。一人ひとりが生活と思想を再構築すべき時である。

岩波現代文庫は、戦後日本人の知的自叙伝ともいうべき書物群であり、現状に甘んずることなく困難な事態に正対して、持続的に思考し、未来を拓こうとする同時代人の糧となるであろう。

（二〇〇〇年一月）